次

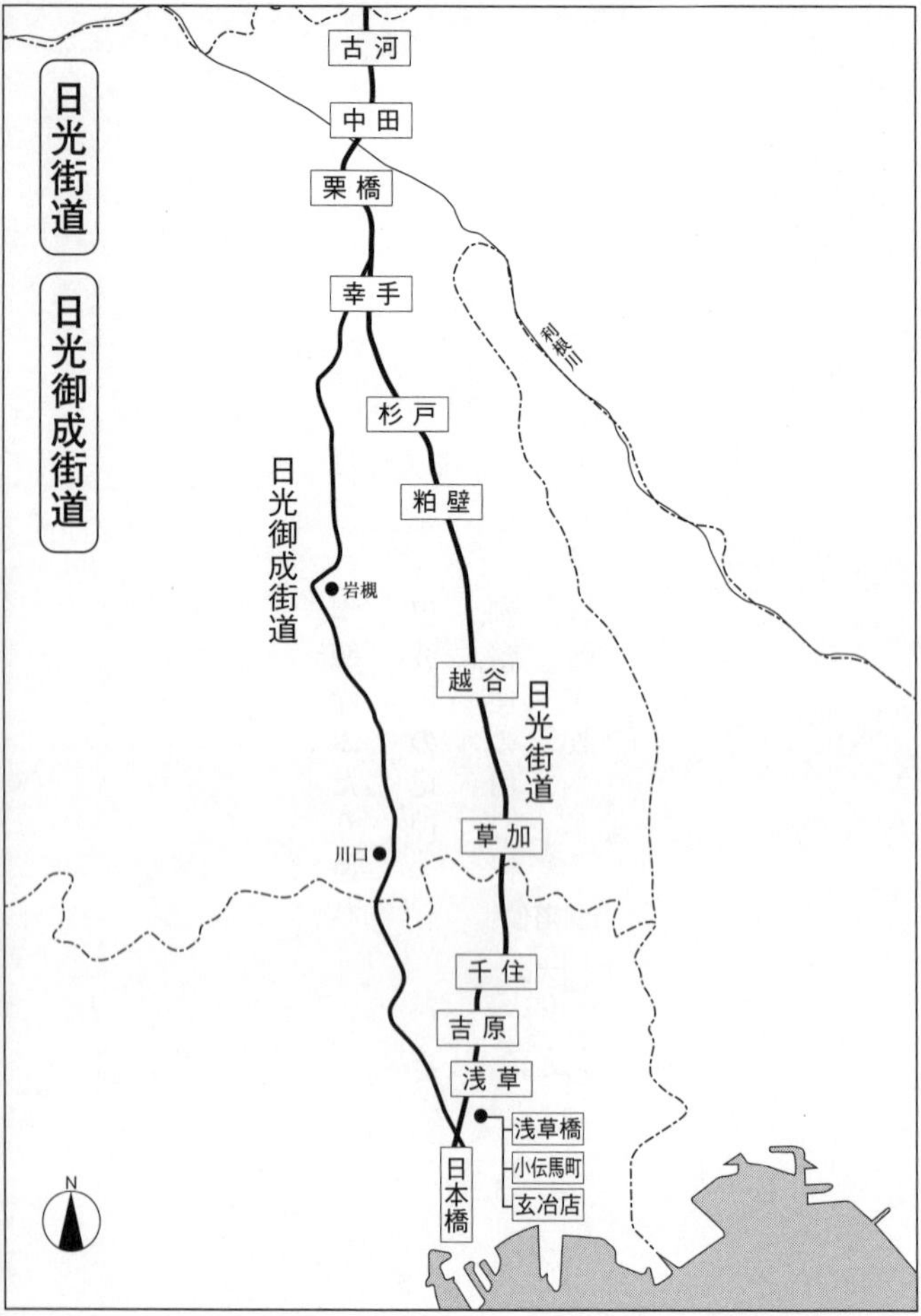
日光街道
日光御成街道
古河
中田
栗橋
幸手
利根川
杉戸
粕壁
日光御成街道
岩槻
越谷
日光街道
草加
川口
千住
吉原
浅草
浅草橋
小伝馬町
玄冶店
日本橋
N

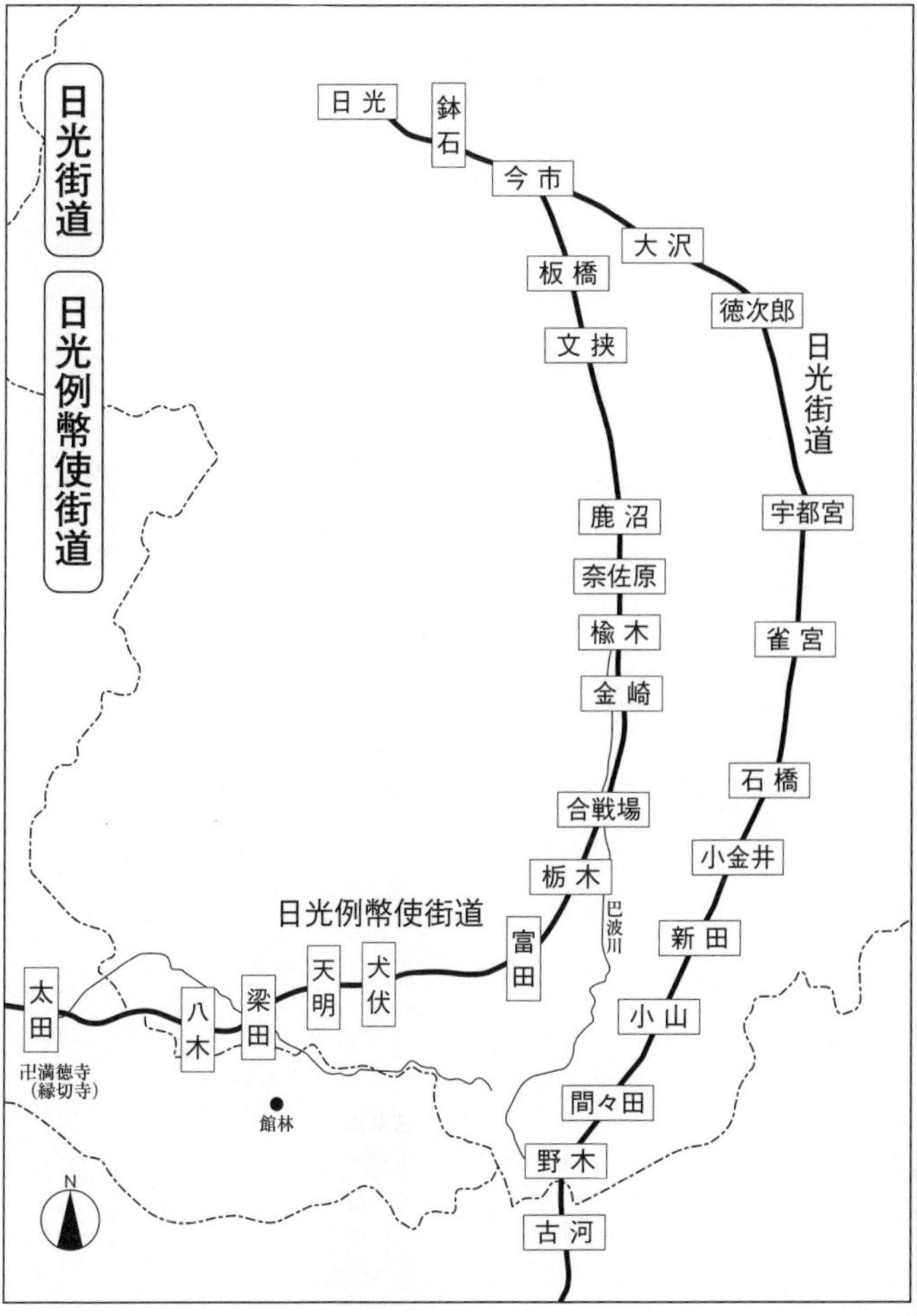
日光街道
日光例幣使街道
日光
鉢石
今市
大沢
板橋
徳次郎
文挟
日光街道
鹿沼
宇都宮
奈佐原
楡木
雀宮
金崎
石橋
合戦場
小金井
栃木
日光例幣使街道
巴波川
富田
新田
太田
犬伏
天明
梁田
八木
小山
卍満徳寺
(縁切寺)
館林
間々田
野木
N
古河

死ぬがよく候〈五〉 雲

満徳寺《まんとくじ》ふたり連れ

天保《てんぽう》十三年　弥生《やよい》

一

野辺《のべ》の露《つゆ》となりゆく身に寄りそう花があるとすれば、それは日陰にひっそりと咲く花たちかもしれない。

芝居町《しばいまち》の喧噪《けんそう》から逃れた日本橋芳町《にほんばしよしちょう》の露地裏には蔭間《かげま》茶屋が並んでいる。

伊坂八郎兵衛《いさかはちろべえ》はその一軒に居《い》候《そうろう》をきめこみ、厄介事《やっかいごと》をおこす酔客があると追いはらいに向かう。陸奥《みちのく》から江戸に戻って半年余り、寝食の恩恵に縋《すが》るかわりに蔭間茶屋の用心棒を引きうけていた。

「お天道《てんとう》さまは頭のうえ、青空に鳴くは揚雲雀《あげひばり》」

弥生《やよい》の清明《せいめい》といえば桜、遊山《ゆさん》に繰りだす人々の心も浮かれ気味だ。

芝居町がいつにもまして華やいでみえるのは、三座の浅草猿若町《さるわかちょう》への移転がきまって日本橋で最後の弥生興行になるのにくわえて、宿下がりの奥女中たちが大勢押しよせているからだろう。

そういえば、中村《なかむら》座の外題《げだい》看板には『鏡山旧錦絵《かがみやまこきょうのにしきえ》』とあった。

百年前に起こった加賀《かが》藩のお家騒動をもとにした奥女中もので、主人の仇討《あだう》ちを主題にしているところから「女忠臣蔵」とも呼ばれる。

大奥を牛耳《ぎゅうじ》る岩藤《いわふじ》という局《つぼね》が姫君に気に入られた町家出身の奥女中に嫉妬《しっと》を抱《いだ》き、満座のなかで草履《ぞうり》打ちにする。屈辱に耐えかねた奥女中の尾上《おのえ》がみずから命を絶ってしまい、これに憤《いきどお》った部屋方のお初《はつ》が見事に仇討ちを果たす。それが筋だ。

奥女中が宿下がりとなる弥生興行には、かならず小屋に掛かる演目にほかならない。

「一本眉《まゆ》の旦那《だんな》、福山蕎麦《ふくやまそば》で一杯引っかけてきたのかい」

四角い顔を壁のように白く塗った蔭間が小見世《こみせ》の表口に立ち、からかい半分に声を掛けてきた。

「一度抱かれちゃみたいけど、気のない旦那に脈はなしってね。あいかわらず恐《こわ》いお顔だこと」

今から二年半前、心底から惚《ほ》れていた花火師の娘が二寸玉を抱いて爆死した。すぐそばにいた八郎兵衛は熱風に煽《あお》られ、顔の右上半分に大火傷《おおやけど》を負った。醜《みにく》く焼けただれた傷跡は人を寄せつけぬ風貌《ふうぼう》に拍車を掛けたものの、不思議と蔭間の連中だけは親しげに接してくれる。

厚化粧の四角顔もそのひとりだ。木戸口で客寄せをおこなう木戸芸者あがりのお調子者だが、そのむかしは油売りだったらしく、八郎兵衛は「とろり乃介《のすけ》」という綽名《あだな》しか知らない。

「旦那が南町の虎だってこと、芳町の界隈《かいわい》で知る者も今じゃ少ないよ。悪党どもを震えあがらせた隠密廻《おんみつまわ》りの旦那は、なにせ六年前に頓死《とんし》したってことになってるからね。光陰矢のごとし、芳町の六年は世間の十年と同じさ。十年といやあ、大昔のはなしだ」

「とろり乃介よ、軽口を叩《たた》くのもたいがいにしておけ」

ぎろりと左目で睨《にら》みつけ、八郎兵衛は草履の片方を脱いで手に持った。

「おっと、岩藤かい。三津五郎《みつごろう》も顔負けだね。草履で打たれるならまだしも、腰の刀を抜かれたらたまったもんじゃない。水もたまらぬ籠釣瓶《かごつるべ》、抜けば首飛ぶ霞空《かすみぞら》ってね。へへ、くわばらくわばら」

三代目坂東《ばんどう》三津五郎はすでに鬼籍《きせき》に入ったが、十一年前に三津五郎が座頭《ざがしら》で演じた

『鏡山旧錦絵』は江戸の人々の記憶に新しい。

草履で打たれるほうの尾上を演じたのは、弟子でもあり男色の相手でもあった五代目路考《ろこう》こと瀬川菊之丞《せがわきくのじょう》だった。三津五郎の本妻はおでんといい、縹緻《きりょう》良しだが身持ちのよくない女で、菊之丞とも密通をはたらいていた。それを江戸で知らぬ者はいなかったので芝居は大入りとなり、三津五郎演じる岩藤が草履を高々と掲げた草履打ちの段では、大向こうから「ぶち殺せ、間男《まおとこ》の路考をぶち殺せ」という怒号まで飛んできたという。

とろり乃介の脳裏には、そのときの光景が昨日のことのように焼きついているのだ。じつは河原崎座《かわらざきざ》に掛けられた同じ芝居を、小銀杏髷《こいちょうまげ》の八郎兵衛もかぶりつきで観《み》ていた。

喋《しゃべ》りたりなそうな蔭間を尻目に、八郎兵衛は露地のどんつきまで進む。

しょぼい掛け行灯《あんどん》に『橘屋《たちばなや》』と書かれた小見世に身を捻《ね》じいれた。

「お帰りなさい」

初々《ういうい》しく出迎えてくれたのは、細面《ほそおもて》の愛らしい色子《いろこ》だ。

名は定吉《さだきち》、上州《じょうしゅう》世良田《せらだ》のとある尼寺の門前に捨てられた赤ん坊だった。紆余《うよ》曲折《きょくせつ》のすえに三座でも名の通った女形《おやま》のもとへ預けられ、役者としての修業を積みながら小見世の奥で贔屓客《ひいき》の敵娼《あいかた》をつとめている。

いまだ十五にも満たぬ身であるにもかかわらず、苦労をあたりまえのように受けとめている逞《たくま》しさが八郎兵衛には好ましく映っていた。

「踊りのお稽古《けいこ》を終えたら、墨堤《ぼくてい》にでも花見に行っといでって。お師匠さんが仰《おつしや》ってくれたから、旦那もごいっしょにどう」

上目遣《うわめづか》いにみつめられ、きまりわるそうに目を逸《そ》らす。

「やっぱり駄目だよね」

残念そうに溜息《ためいき》を吐《つ》く定吉に背を向け、八郎兵衛は大刀を鞘《さや》ごと抜きながら上がり框《かまち》に足をのせた。

――たまには、つきあってやろうか。

と、言いかけたところで茶屋の外が騒々しくなり、とろり乃介が血相変えて飛びこんでくる。

「旦那、出番だよ。酒に酔った月代侍《さかやき》が刀を抜いちまった。取籠《とりこもり》さ。そいつ、年端《としは》もいかぬ子を小脇《こわき》に抱いていやがるんだと。急いどくれ」

八郎兵衛は大刀を差しなおし、大きなからだでのっそり外へ出る。

定吉は花柄模様の浴衣《ゆかた》を羽織り、身を震わせながらも従《つ》いてきた。

白昼の凶事に見舞われたのは、芳町の蔭間茶屋ではない。

三人が早駈けでやってきたのは、人形町の露地裏にある玄冶店《げんやだな》だった。

三代将軍家光《いえみつ》の患《わずら》った天然痘《てんねんとう》を酒風呂で治した医者の名に因《ちな》む長屋だが、いつのまにか女しか住まぬところになった。

かたむいた木戸を潜《くぐ》りぬけると、井戸のまわりに人だかりができている。

まだ捕り方の影はない。

「ぬおおお」

獣のような咆吼《ほうこう》が、すぐそばの部屋から聞こえてきた。

「おなごどもめ、琴乃《ことの》を隠したな。今すぐに出せ。出さねば、この子を串刺しにしてくれよう」

前垂れの嬶《かか》ぁが井戸端に屈《かが》み、泣きじゃくっている。

どうやら、不運な目に遭わされた幼子の母親らしい。

「連れこまれた男の子はまだ四つ。ひでえことをするやつだ。そもそも、琴乃なんて女は玄冶店にいねえとよ」

野次馬どもは口々に漏らしながらも、閉めきられた腰高障《こしだかしょうじ》子に近づこうとしない。

奇異な風貌の八郎兵衛を見定めると、驚いたように道を空《あ》けた。

蔭間のふたりは金魚の糞よろしく、ぞろぞろ尻に従《つ》いてくる。

「はいるぞ」

ひと声掛けて腰高障子を開ければ、部屋のなかは薄暗い。

「うわっ、寄るな。寄るでない」

髷《まげ》を乱した男が立ったまま漆喰《しっくい》の壁にもたれ、左手で幼子の襟《えり》を摑《つか》んでいる。

すでに脇差《わきざし》を抜いており、仄白《ほのじろ》い切っ先を幼子の喉元《のどもと》にあてがっていた。

八郎兵衛は表情も変えず、つとめて静かにはなす。

「待たぬか。正気になれ」

「うるさい、わしは正気だ。おぬしは長屋の用心棒か」

「まあ、そのようなものだ。おぬし、名は」

問われて、男は胸を張る。

「向井誠三郎《むかいせいざぶろう》だ」

「勤番侍か」

「いかにも。古河《こが》藩土井《どい》家八万石の勘定方《かんじょうかた》をつとめておる」

「ほう、土井家の殿様といえば雪華模様の大炊頭《おおいのかみ》か。今をときめく老中の家来が、なにゆえここに」

よくぞ訊《き》いてくれたと言わんばかりに、男は早口でまくしたてた。

「今から四年前、勘定吟味役《ぎんみやく》の楡木源太夫《にれきげんだゆう》は、わしを勘定方の組頭に推挙すると約束した。ゆえに家財道具いっさいを質に入れ、三百両もの賄賂《まいない》を贈ったのだ。いいや、それだけではない。土井家随一の美貌《びぼう》と評された妹の琴乃を、楡木家の養子になった兵庫《ひょうご》の後妻にくれてやった。にもかかわらず、蓋《ふた》を開けてみれば組頭には別の者がなりよった。はなしがちがうとつめよったところで詮無《せんな》いはなし、楡木源太夫は知らぬ存ぜぬの一点張りじゃ。兵庫にいたっては、わしを嘲笑《あざわら》いながら『蛍侍《ほたるざむらい》になり損ねたな』と抜かしよった。聞けば、琴乃は十日ほどまえに邸《やしき》から逃げだしたという。兵庫に『怪《け》しからぬ妹を兄の手で成敗してこい』と命じられ、頭が真っ白になったのだ」

はなしがみえぬ。

「向井よ。おぬし、酔うておるのか」

「酔うてなどおらぬ。まあ聞け。養子の楡木兵庫は酒乱でな、よくよく調べてみると先妻も執拗《しつよう》な責めに耐えかねて首を縊《くく》ったという。そうとわかっておれば、琴乃を嫁になどやらなんだものを。後の祭りとはこのことだ」

妹の琴乃も楡木兵庫から酷《ひど》い仕打ちを受け、ついに我慢の限界を超えたあげく、命からがら邸から逃げだしたものと推察された。

「にもかかわらず、わしは唯々諾々《いいだくだく》としたがうしかない。榆木源太夫からも『武士の沽券にかけても妹を捜しだせ』と命じられてなあ。理不尽におもうかもしれぬが、禄《ろく》を喰《は》む藩士ならば上役の命《めい》に逆らうことはできぬ。兵庫の実家は代々土井家の重臣をつとめる伊南《いなみ》家ゆえ、逆らえば家名断絶の憂き目も避けられぬであろう。そうなれば、老いた母に向ける顔がない」

くだらぬ。出世のために妹を人身御供《ひとみごくう》に差しだし、昇進の約束を反故《ほご》にされたばかりか、理不尽な命をくだされても峻拒《しゅんきょ》できない。安っぽく発せられた「武士の沽券」ということばを金科玉条のごとく携《たずさ》え、哀れな妹を手に掛けようとする。

しかも、逃げこんだと聞いたさきの玄冶店に妹がいないとみるや、井戸端で遊んでいた幼気《いたいけ》な子を人質にとり、刀を抜いて妹を出せと喚《わめ》きちらす。

不幸な仕打ちが重なって、なかば気が触れてしまったとしか言いようがない。

八郎兵衛は怒りを顔に出さず、あくまでも冷静にはなしかけた。

「妹が玄冶店に逃れたと、おぬしはどうやって知ったのだ」

「渡り中間《ちゅうげん》に教わった。やつらは小銭を払えば何だって喋る」

「妹は買い物に出掛けているのかもしれぬぞ」

「わしは騙《だま》されぬ。長屋の連中が匿《かくま》っておるのだ」

「それはおぬしの考えちがいだ。武家の女を匿っても、長屋の貧乏人どもに何ひとつ得はない」

「黙れ。おぬしに説教される筋合いはないわ」

「ならば問いをかえよう。妹をみつけたらどういたす」

「斬《き》る。琴乃を斬って、わしも死ぬ。武士らしく腹かっさばいて死んでやる」

「ふん、できるのか。おぬしに」

「できる。その覚悟で来たのだ。母の制止も振りきってなあ」

ばかばかしい。身勝手で浅はかな男に、八郎兵衛は憤りを感じた。

「ともかく、その子を放してやれ。おぬしの都合に他人を巻きこむな」

睨みつけると、向井誠三郎は泣き顔になった。

「そんな目でみるな。くそっ、わしを憐《あわ》れむような目でみるでない」

「憐れんでなどおらぬ。死にたきゃ勝手に死ねばいい。ただし、幼子を巻きこむな。おぬしのような虫けらに、誰かの運命を左右することはできぬ」

「ええい、黙れ」

言うが早いか、向井は幼子を突きとばし、みずからの腹をさらけだす。

板間に両膝《りょうひざ》を落とし、脇差の切っ先を腹のまんなかにあてがった。

「やっ」

声を裏返し、刺そうとする。

だが、上手《うま》くいかない。

八郎兵衛は土足で踏みこみ、向井の顔を踵《かかと》で蹴《け》った。

「ぬがっ」

小心者の勤番侍は、壁に後ろ頭をぶつけて白目を剝《む》く。

「意気地《いくじ》のないやつめ」

死ぬ覚悟もできておらぬ男に、軽々しく刀を使われたくはない。

ふと、表口に芳香が迷いこんできた。

「あっ、兄上」

ぽってりした朱唇《くちびる》を震わせる女は、琴乃にまちがいあるまい。

薄汚れた古着を纏《まと》って化けたつもりでも、凜《りん》とした武家女の佇《たたず》まいだけは隠しおおせるものではなかった。

三月《みつき》足らずで十指に余る人を斬り、江戸を恐怖のどん底に陥《おとしい》れた辻斬《つじぎ》りの下手人が捕まった。

二

「野州《やしゅう》生まれの霞龍之介《かすみりゅうのすけ》っていう浪人らしいよ」

適当につけたような名だが、八郎兵衛には聞きおぼえがあった。

五年前、女犯《にょぼん》の濡《ぬ》れ衣《ぎぬ》を着せられて京の三条河原に晒《さら》された。ちょうどそのとき、大坂では大塩平八郎《おおしおへいはちろう》の乱が勃発しており、京の町も浮かれた群衆に埋めつくされた。暴徒と化した連中に襲われた河原から命からがら逃げのび、中山道《なかせんどう》を琵琶湖《びわこ》の縁に沿ってひたすら北へ向かった。その途中で「霞龍之介」という名を耳にしたのだ。

「あれはたしか五個荘《ごかしょう》の手前、武佐《むさ》宿のあたりであったか」

街道の左手には広大な琵琶湖がひろがっていた。

ひょいと立ち寄った水茶屋の客たちが大塩党の末路を噂《うわさ》しあっていたのだ。

大坂町奉行所の元与力《よりき》に先導された「壮挙」はたった一日で鎮圧され、大塩たちは炎に包まれた大坂市中で散り散りになった。そののち、残党狩りで名を馳《は》せたのが、霞龍之介率いる一党だった。

剣術に秀《ひい》でた者たちだけを集めた無頼の一党は、大塩党の首謀者たちをつぎつぎに討ちとり、ときの大坂城代であった土井大炊頭から直々《じきじき》に褒美《ほうび》を与えられるほどの活躍ぶりをみせた。

八郎兵衛は大塩平八郎の「壮挙」に憧れすら抱いていたので、霞一党のことを苦々しくおもっていた。ゆえに、首魁《しゆかい》の霞龍之介が辻斬りの下手人だと聞いても驚きはなかったし、捕縛《ほばく》されたと知っても天命だとしかおもわなかった。

今は霞某《なにがし》のことよりも、窮地に追いこまれつつある兄妹《きようだい》のほうに関心がある。

向井誠三郎と妹の琴乃は騒ぎのおさまった玄冶店を逃れ、芳町の『橘屋』に匿われていた。

誠三郎が迷惑を掛けた長屋の母子《おやこ》には謝罪し、些少《さしよう》の金子《きんす》を渡して黙らせた。

なぜか、そうした役目を世話焼きのとろり乃介が引きうけ、定吉も何かと兄妹の面倒をみている。琴乃は目に涙を溜めて恐縮したが、誠三郎のほうは悪夢から覚めきっていないような呆《ほう》けた顔をしていた。

琴乃がみずからの受けた仕打ちを訥々《とつとつ》と語りはじめたのは、切腹騒ぎから四日経《た》った夕刻のことだ。

「語るのもおぞましい四年にござりました。毎日毎晩、どうやって逃げだすか、そればかりを考え、どのような責め苦に遭おうとも、あきらめまいと歯を食いしばりました」

夫となった楡木兵庫の異常さは、八郎兵衛の想像を超えていた。

「虫の居所がわるいときは頰《ほお》をひどく撲《なぐ》られ、お酒を無理に吞《の》まされました。後ろ手に縛られて井戸のうえから吊《つる》されたり、蠟燭《ろうそく》の炎で足の甲を焼かれたこともあります。責め苦を受けるたびに、何度死のうとおもったことか。それでも、死ねば母や兄が悲しむとおもい、実家に迷惑を掛けたくない一念で耐えてまいりました。されど、逃げだした夜はいつもとちがっていた」

兵庫は家に戻るなり腰の刀を抜き、月の光に翳《かざ》してみせた。

刀には血が付いており、兵庫は「野良犬を斬ってきた」と、口端《くちばた》を吊りあげながら笑いかけてきた。

「ぞっとしました。わたしも斬られるとおもい、邸から逃げだすしかないと覚悟を決めたのです」

深更、月が叢雲《むらくも》に隠れるのを待って、琴乃は寝間を抜けだした。

中庭に下りて裏木戸まで裸足《はだし》で駆け、閂《かんぬき》を外して塀の向こうに出た。

するとそこに、人影が立っていた。

「心ノ臓がとまるかとおもいました。戸口に立っていたのは、渡り中間の忠助《ちゅうすけ》にござります。観念したところへ『行く当てはねえんだろう』と、優しいことばを掛けられました」

言われるがままにしたがい、導かれたさきが玄冶店であった。

琴乃を救った忠助は、誠三郎に妹の居所を告げた張本人でもある。

「どうせ、金欲しさにやったことだろうよ」

とろり乃介のことばどおり、誠三郎は忠助にいくばくかの金を払っていた。

「忠助って小悪党には気をつけないとね」

そうした会話を交わすなか、突如、誠三郎がおいおい泣きだす。

「琴乃、兄を許せ。白無垢《しろむく》は死に装束と心得よ。それが武家の習《なら》いとは申せ、おぬしがそれほどの目に遭わされていようとも知らず、わしは出世のことだけを考えていた。組頭に出世すれば外聞もよく、母も喜んでくださるだろうし、良縁にもきっと恵まれるであろうと、そんな自分勝手なことだけを考えておった。莫迦《ばか》な兄をどうか、どうか許してくれ。わしはこのとおり、侍を捨てる」

誠三郎は脇差を抜くや、元結《もっとい》いをばっさり切った。

「あらあら、元結《もっと》い払って西へ投げとはこのことだよ」

ざんばら髪になった男を、蔭間のふたりが驚いた顔で眺めた。

妹の琴乃は我に返り、激しい口調で叱《しか》りつける。

「兄上、何をなされます」

「よいのだ。わしはな、騙されることに飽き飽きした。このまま勘定方をつとめたところで、ろくなことはない」

「侍に未練はないと」

「そうじゃ」

「母上のことは」

「案ずるな。兄の覚悟をきっとわかってくださるはずだ」

「その覚悟や、あっぱれ」

とろり乃介は喝采《かっさい》を送ったものの、八郎兵衛はまだ呆気《あっけ》にとられている。

一本気な勤番侍のやることは常識を外れていた。その外れ加減が清々《すがすが》しくさえ感じられ、頼まれたら救ってやりたい気持ちにすらなってくる。

ひとりだけ冷静なのは、定吉だった。

「侍を捨てるのは見上げた心意気かもしれないけど、おふたりさんはこれからどうなさるの。一生追っ手から隠れて過ごすおつもりかい」

「無論、けりをつけねばなるまい」

誠三郎は猛々《たけだけ》しい台詞《せりふ》を吐き、とろり乃介に水の張った盥《たらい》と剃刀《かみそり》を用意させる。

そして、頭をぞりぞり剃《そ》りながら、さかんに唾《つば》を飛ばした。

「楡木兵庫だけは生かしておけぬ。あやつを成敗したら、わしは出家するつもりじゃ」

琴乃が膝を躙《にじ》りよせた。

「兵庫は梶派《かじは》一刀流《いっとうりゅう》の免許皆伝、兄上のかなう相手ではござりませぬ」

「わしにはできぬと申すのか」

「天地がひっくり返ってもできませぬ。余計な殺生《せっしょう》は忘れ、兵庫の手から逃れることを考えませぬか」

「いったいどこへ。上方《かみがた》にでも逃れると申すのか。定吉どのが仰るとおり、どこへ逃れようとも一生追っ手にびくつきながら暮らすことになるのだぞ」

誠三郎に諭《さと》され、琴乃は口をへの字に曲げた。

「万策尽きたってことかい」

とろり乃介が漏らすように、妙案は浮かんでこない。

遠慮がちに口を挟んだのは、またもや、定吉だった。

「満徳寺《まんとくじ》という手がござります」

「ん、満徳寺だと」

問いかえしたそばから、とろり乃介は膝を打つ。

「上州にある縁切寺《えんきりでら》のことか。なるほど、その手があった」

夫から酷い目に遭わされている女たちにとって、唯一の逃れ先が縁切寺にほかならない。

「縁切寺に逃げこめば、物狂い亭主の手は伸びぬ」

夫が三行《みくだりはん》半を書かずとも、寺で二年修行すれば晴れて離縁が成立する。

妻たちがいくら望んでも夫のほうで別れてくれないとき、縁切寺は縋《すが》るべき最後の砦《とりで》だった。

ただし、幕府が朱印状を与えた縁切寺は日《ひ》の本《もと》広しといえども二ヶ所しかない。あまねく知られているのは鎌倉の東慶寺《とうけいじ》で、もうひとつが上州世良田村にある満徳寺なのだ。

「わたしが捨てられていたお寺です」

つとめて朗らかに発した定吉の顔を、一同は穴のあくほどみつめた。

「それは妙案だ」

と、誠三郎が素っ頓狂な声をあげる。

琴乃も感極まったのか、涙を浮かべてうなずいた。

「定吉さん、ありがとう。ご恩は生涯忘れません」

「礼はまだ早いよ。敵さんだって血眼《ちまなこ》で捜すはずだろう。無事にたどりつける保証はないんだよ。もし、琴乃さんがお望みなら、橘屋の用心棒を貸してさしあげてもいいけどね」

「えっ」

琴乃が驚いた顔を向ける。

八郎兵衛はおもわず、頰を赤らめた。

琴乃ばかりか誠三郎も居ずまいを正し、畳に額《ぬか》ずいてみせる。

「伊坂さま、どうか、ごいっしょ願えませぬか」

間髪を容れず、とろり乃介が半畳を入れた。

「只《ただ》ってわけにゃいかない。こちらの旦那はお高いよ」

「無論でござる」

誠三郎は胴巻きを外し、中身を披露してみせた。

小判はなく、丁銀《ちょうぎん》や豆板銀《まめいたぎん》や波銭《なみせん》だのがみえる。

「しめて一両にはなりましょう。これでどうか」

「重いな」

「えっ」

「そんなものを腰に巻く気にゃなれん」

八郎兵衛が皮肉を漏らすや、とろり乃介が立ちあがり、箪笥《たんす》の奥から紙入れを取りだしてきた。

「両替したげるよ」

笑いながら、三枚の小判を畳に一枚ずつ並べはじめる。

「二両はね、わたしたちからの餞別《せんべつ》さ。定吉といっしょに貯《た》めたお金だ。人助けに使ってもらえるなら、貯めていた甲斐《かい》もあるってもんさ」

蔭間の侠気《おとこぎ》にほだされた。

誠三郎と琴乃は、とろり乃介に手を合わせる。

「ほとけじゃないんだから、よしとくれよ」

八郎兵衛は無言で小判を拾い、袖口《そでぐち》に仕舞《しま》いこんだ。

「行く先はきまった。どうせなら中山道ではなく、日光街道からまいろう」

おもいがけない提案に、誠三郎は首をかしげる。

「日光街道からとなれば、古河の城下を通らねばなりませぬが」

「まさに、狙いはそれよ」

古河は土井家のお膝元、楡木家や伊南家の知りあいも多かろうし、敵にみつかる公算は大きい。

逆《さか》しまに利点もあると、八郎兵衛は言った。

「筆頭家老の鷹見《たかみ》泉石《せんせき》は、なかなかの人物と聞いている。国元におるようなら、直《じか》に会って訴えればよい。楡木兵庫を断罪してくれるやもしれぬ」

「御家老にお目通りすることなど、それこそ天地がひっくり返ってもできませぬ」

「世の中にできぬことはない。何であれ、望みは捨てぬことだ」

「はあ」

何か勝算でもあるのか、八郎兵衛の奇妙なほどの自信が誠三郎を黙らせた。

「ともあれ、善は急げ。出立《しゅったつ》は明朝にしよう」

すっかり、ふたりに随伴する気になっている。

そんな自分が八郎兵衛は不思議でたまらない。

このとき、芳町の暗がりに人影がひとつ潜んでいるのを、蔭間茶屋の連中は誰ひとりとして気づくことができなかった。

三

旅立ちの朝を迎えた。

「何だか今生《こんじょう》のお別れみたいだよ」

四角い顔のとろり乃介が、しみじみとした口調で漏らす。

八郎兵衛は旅姿の向井兄妹をともない、隠れ家の『橘屋』をあとにした。

「無事にたどりついたら、文《ふみ》のひとつも寄こしてね」

定吉は門口で切火を切り、とろり乃介ともども芝居町の外れまで見送ってくれた。

六年前、失意のままに江戸を離れたときのことをおもいだす。

打飼《うちが》いひとつで旅立つ自分を、ひとり姉だけが見送ってくれた。

定吉にも姉がひとりあるという。商家の養女になった自慢の姉で、そのはなしを聞くたびに八郎兵衛は姉に再会したくなった。

が、それはできない相談だ。

あのころの伊坂八郎兵衛は、もうどこにもいない。

注意深く周囲に目を配っても怪しい人影はみあたらず、旅姿の三人は小伝馬町《こでんまちょう》のあたりまで軽快に進んだ。

ところが、浅草橋までつづく大路の沿道は野次馬で埋めつくされていた。

「極悪人の引きまわしだよ」

天神髷《てんじんまげ》の嬶《かか》ぁが教えてくれた。

引きまわしにされる極悪人が「霞龍之介」と知り、八郎兵衛も身を乗りだす。

「土産話《みやげばなし》ついでに、面《つら》を拝んでやるか」

兄妹にも異論はない。

沿道に溶けこんでしばらく待つと、牢《ろう》屋敷の裏手から物々しい一団があらわれた。

すぐさま目に飛びこんできたのは、先導役の小者《こもの》が肩に担ぐ長槍《ながやり》だ。

抜き身の穂先が、朝陽《あさひ》を眩《まばゆ》いばかりに反射させている。

さらに、捨て札やら三つ道具やらを担いだ者たちがつづき、裸馬に乗せられた罪人が登場すると、沿道から地鳴りのようなどよめきが沸きおこった。

「人斬りめ、死んじまえ」

罵詈《ばり》雑言《ぞうごん》が飛びかい、礫《つぶて》も投げつけられる。

天神髷の嬶ぁも洟垂《はなた》れをけしかけ、懸命に礫を抛《ほう》らせていた。

「悪事をはたらいたら、ああなるんだよ。ようくみておきな」

黒羽織の牢屋同心たちはあらかじめ離れて歩き、野次馬を鎮《しず》める素振りもみせない。引かれ者の小唄ではないが、この世の見納めに引きまわしを望む罪人も多いと聞く。だが、実際は景色を堪能している余裕などない。荒縄で雁字《がんじ》搦《がら》めに縛られているので礫を避《よ》けようもなく、顔じゅう血だらけになって刑場へ引かれていくしかないのだ。

役人は知らんぷりをきめこむ。それが見懲《みご》らしを目途《もくと》とした引きまわしの慣習でもあり、一見すると凄惨《せいさん》な私刑にみえるものの、引きまわしは庶民が日頃の鬱憤《うっぷん》を晴らす場でもあった。

霞龍之介は噂どおりの悪相で、ぎょろ目を剝《む》いた中高《なかだか》の顔は烏天狗《からすてんぐ》に似ていた。礫が当たっても痛そうな顔ひとつせず、ふてぶてしくも笑っている。

力士なみの巨漢なので、馬のほうが苦しげだった。

「あの陰険な面《つら》付きをみろ。夢見がわるくなりそうだ」

坊主頭の誠三郎が苦々しげに吐きすてた。

琴乃は顔を背《そむ》け、地面に目を落とす。

八郎兵衛は馬上に目を貼りつけた。

「悪党め」

心中穏《おだ》やかではない。

「よくも大塩党を追いこんでくれたな」

金のために大義ある者の命を絶つ。

これほど罪深い所業があろうか。

腹の底から怒りが込みあげてきた。

斬りつけたくなる衝動を抑え、八郎兵衛は唾を吐く。

引きまわしの一団はこれより両国広小路《りょうごくひろこうじ》へ向かい、神田川に架かる浅草橋を渡った
あとは、日光街道に沿って刑場のある小塚《こづかつ》原《ぱら》まで進む。

磔《はりつけ》などみたくもないので、両国までは野次馬の列につづいて歩き、そこからさきは柳《やなぎ》橋《ばし》から小舟を仕立てることにした。

船賃は掛かるものの、川筋を向かうほうが早い。

三人は墨堤の桜を愛《め》でながら、のんびりと大川を遡《そ》上《じょう》していった。

追っ手を気にする急ぎ旅なのに、どことなく余裕すら感じられる。

「これも怪《け》我《が》の功名と申すもの」

おもいがけず風流な花見舟を楽しむこととなり、誠三郎も琴乃も嬉《うれ》しそうだ。

「遊山気分で満徳寺までたどりつけたらよいがな」

八郎兵衛は心底から、そうおもわずにいられない。

上州世良田までの道程《みちのり》は、女連れでも二泊三日にすぎぬ。

二日目の晩に古河までたどりつければ、何とかなりそうな気もする。

しかし、元隠密廻りの習い性なのか、船上からも敵の気配を探ってしまう。

墨堤にたなびく霞の狭間《はざま》に、爪を研いだ連中が隠れているのではないか。

船尾で棹《さお》を操る船頭さえも、みようによっては怪しくおもえて仕方ない。

さざ波が舷《ふなばた》にぶつかって弾《はじ》けるたびに、八郎兵衛は胸騒ぎにとらわれた。

やがて、左手に小高い丘がみえてくる。

琴乃が身を起こし、後ろの船頭に問いかけた。

「あれは、待乳山《まつちやま》の聖天《しょうでん》さんでしょうか」

「さようで。山谷堀《さんやぼり》に折れる目印でやすよ、へへ」

丘の名は金龍山《きんりゅうざん》だ。それは浅草寺《せんそうじ》の山号でもある。

船頭が意味ありげに笑ったのは、待乳山聖天が男女の抱きあう歓喜天を奉じているからではない。山谷堀をまがったさきに吉原《よしわら》があるからだ。

「兄上、聖天さんの本堂に大根を供えてまいりませぬか」

「寝言を抜かすな。そんな暇はない」

「されど、言いつたえでは、聖天さんに大根を供えれば怒りの毒が消えるとか」

「わしのことを案じておるのか」

「はい」

「約束したはずだ。おぬしを縁切寺に預けたあとは、一月寺《いちげつでら》の門でも敲《たた》いて虚無僧《こむそう》になる。刀のかわりに鉢を持ち、尺八でも吹きながら諸国を経巡《へめぐ》るつもりじゃ。誰かを恨んでも得はない。江戸から離れれば、胸に燻《くすぶ》った怒りも消えよう」

なかなか殊勝な心懸けだが、怒りを消しさるのは容易なことではない。

怒りは人を衝《つ》きうごかし、何事かをやりきる力をも与えてくれる。

八郎兵衛にとって、怒りは生きるためになくてはならぬものだ。

さよう、雄々しく生きるつもりなら、怒りを失ってはならぬ。

だが、口には出すまい。

誠三郎と自分はちがう。

世の中には刀を捨てるべき者と、そうでない者がいる。

容易に剃髪《ていはつ》してしまう者もいれば、煩悩を捨てられぬ者もいる。

「南無……」

琴乃は丘に向かって手を合わせた。

静かに経を唱え、ひと筋の涙をこぼす。

なにゆえ、泣くのだ。

江戸を離れ、縁切寺へ向かうことが悲しいのか。

それとも、ほかに泣かねばならぬ理由でもあるのか。

問いかけようとすることばは、川音に掻《か》き消されていく。

小舟は舳《みよし》を徐々にかたむけ、今戸《いまど》の桟橋へ近づいていった。

四

三人は陸《おか》にあがり、田畑の広がるなかを進んでいった。

左手の後ろには「土手《どて》の道哲《どうてつ》」と称される西方寺《さいほうじ》がある。

三ノ輪《みわ》の浄閑寺《じょうかんじ》とともに、投込寺《なげこみでら》として知られるところだ。

身寄りのない遊女たちが眠っているのだと教えてやると、琴乃は立ちどまって手を合わせた。

このまま日光街道を通って山谷を過ぎれば、小塚原の刑場は近い。

江戸の朱引内《しゅびきうち》で重い罪を犯した者は、小塚原か品川の鈴《すず》ヶ森《もり》で処刑される。どちらに振りわけられるかは、捕まったところできまる。霞龍之介は日本橋より北で捕まったがゆえに、小塚原へ連れていかれるのだ。

八郎兵衛は隠密廻りのころ、何度となく小塚原へ足をはこんだ。

刑場のそばに建つ延命寺には「首切地蔵」と呼ばれる大きな地蔵が聳《そび》えている。

処刑された遺体は打ちすてにする定めだが、あまりに凄惨すぎるので浅く掘った穴に埋める。雨が降れば手足が露出し、餓えた山狗《やまいぬ》がちぎれた腕を口にくわえていくこともあった。

屍骸《むくろ》は堆積して骨となり、砂といっしょに風で飛ばされる。

それゆえ「首切地蔵」のみつめる小塚原は、地の者に「骨ヶ原《こつはら》」と呼ばれていた。

三人が千住《せんじゅ》宿に着いたのは正午の少し手前だった。

空は一転して掻き曇り、不穏《ふおん》な空気が漂《ただよ》いはじめる。

「行く春や鳥啼《な》き魚の目は泪《なみだ》」

誠三郎は俳諧師を気取って、芭蕉《ばしょう》の句を口ずさんだ。

「これを矢立《やたて》の初《はじめ》として、行く道なお進まず。ひとびとは途中《みちなか》に立ちならびて、後ろ影の見ゆるまではと見送るなるべし。芭蕉の記す『奥の細道』にはそうあるが、われら兄妹には別れの泪をそそぐ者とておらぬ」

八郎兵衛が渋い顔をする。

「今日中に越谷《こしがや》あたりまで道を稼がねばならぬ。郷愁に浸っておる暇はないぞ」

「わかっており申す。それにしても、暗い空じゃ。千住大橋からのぞむ富士の景観を楽しみにしておったが、このぶんでは望むべくもあるまい」

「富士どころか、ひと雨くるぞ」

千住宿は南北に長い。大橋の北側がまず栄え、宿場はやがて南側に広がった。賑《にぎ》やかな沿道には『中田屋《なかたや》』や『相模屋《さがみや》』といった旅籠《はたご》の屋根看板が並ぶ。大橋の手前には筏宿《いかだやど》や材木問屋があり、熊野《くまの》神社の鳥居も右手奥にみえた。北詰めには鷹場《たかば》へ向かう将軍の御上がり場も設けられ、寺社の秘仏開帳を報《しら》せる開帳立札もめだつ。西新井《にしあらい》大師や大鷲《おおとり》神社などの名所も橋向こうにあるため、遊山客の数も多い。

三人は旅籠を顧《かえり》みずにさきを急いだ。

前方に滔々《とうとう》と流れる荒川には、長さ六十六間《けん》におよぶ千住大橋が架かっている。

橋を渡りはじめたとき、雨がぽつぽつ降りだした。

すぐさま、それは車軸を流すほどの豪雨となり、三人の行く手を阻《はば》む。

川も轟々《ごうごう》と唸《うな》りだした。

今は名物の木流しがみられる季節だけに、筏師たちにとって川の増水は命取りにもなりかねない。

「難儀なことだ」

誠三郎が立ちどまり、笠をかたむけた。

「伊坂どの、どういたす」

「ともあれ、橋を渡りきろう」

大粒の雨が川風に煽《あお》られ、横殴りに吹きつけてきた。

「飛ばされぬように気をつけろ」

「はい」

市女笠《いちめがさ》を必死に押さえる琴乃は、歯を食いしばってうなずく。

気づいてみれば、橋を渡る人影は消えていた。

眼下の川面《かわも》に舟や筏は浮かんでおらず、人々は岸辺の小屋に避難している。

荒川は灰色の濁流と化し、生き物のごとく奔騰《ほんとう》していた。

橋桁《はしげた》から下をみれば、目がまわってしまう。

どうにか、橋を渡りきった。

渡ったさきには掃部《かもん》宿がつづいている。

掃部宿をまっすぐに進めば日光街道で、棒鼻《ぼうはな》のさきを右手斜めに進めば水戸を経て陸前浜街道にいたる。日光街道は宇都宮まで奥州街道と重なり、宇都宮からは北西に折れて日光へと向かう。

雨の弱まる気配はないが、三人は前屈みの姿勢で掃部宿を抜けていった。

これも試練なのだと割りきり、道を少しでも稼ぐしかない。

棒鼻のさきには、大きな榎《えのき》が植わっていた。

根のあたりに盛られた土が、泥となって道に流れだしている。

「まるで、泥田のようだな」

誠三郎が呆けた台詞を吐いた。

刹那《せつな》、尋常ならざる殺気が膨らんだ。

「止まれ、誰かおるぞ」

それも、ひとりやふたりではない。

「辻強盗か」

木陰から大きな人影があらわれた。

「ぬはは、ここからさきは通さぬぞ」

みおぼえのある顔だ。

「……か、霞龍之介か」

まちがいあるまい。裸馬に乗せられた罪人だ。

どうしたわけか、三尺に近い剛刀を右肩に担いでいる。

「なぜ、おぬしがここにおる」

「ふはは、さては引きまわしを眺めたな。あれは替え玉よ。わしに風貌が瓜《うり》ふたつの百姓じゃ。苦労を掛けた女房と娘に楽をさせてやりたいと抜かし、十両で自分の命を売ったのじゃ。わしのような悪党を信じるとはな、ぷはっ、阿呆《あほう》にもほどがあるわ。女房と娘はみなで輪姦《まわ》し、岡場所に売っぱらってやった。地獄でいくら恨まれようが、かまいやせぬ。人を易々《やすやす》と信じるほうがわるいのじゃ。正直者は莫迦をみる。ぬふふ、そうはおもわぬか」

「悪党のくせに、ぺらぺらよう喋るな」

「ふん、死にたいとみえる」

前からも後ろからも、浪人どもの影があらわれた。

「しめて十人」

大坂で大塩党を狩った連中かもしれない。

「物盗《ものと》りではあるまい。おぬしら、狙いは」

「そっちの坊主頭に用がある」

「ん」

琴乃ではないのかと、八郎兵衛はおもった。

「そやつ、勘定方の木《こ》っ端《ぱ》役人のくせに、道普請《みちぶしん》に使うはずであった五千両もの公金を掠《かす》めとったのだ」

「莫迦を抜かせ」

「知らぬのか。ふふ、おぬしは盗人《ぬすっと》に雇われたのだぞ」

誠三郎に無言で確かめると、必死に首を横に振って否定する。

当然であろう。自分の腹も切れぬ小心者に五千両を着服する勇気などあろうはずもない。

誰かの罪を着せられようとしているのだ。

いったい、誰の。

ともあれ、霞はそいつに雇われたにちがいない。

八郎兵衛は顎《あご》を突きだし、巧みに鎌《かま》を掛けた。

「おぬし、土井家に仕える重臣の紐《ひも》付きだな。楡木源太夫とか抜かす勘定吟味役の差し金か」

「はあて。もっと上の悪党かもしれぬぞ。のう、忠助」

霞に呼びかけられ、榎の陰から渡り中間らしき男がすがたをみせた。

「ちっ」

八郎兵衛は舌打ちする。

おそらく、渡り中間の忠助がこちらの動きを見張っていたのだろう。どちらの味方にもつかず、手際よく金を稼ぐことだけを考えている。斬りすてたい衝動に駆られたが、八郎兵衛は自重した。

「へへ、霞の旦那、あっしに何を訊きてえので」

「わしに命を下されたお方のことさ」

「筆頭家老の鷹見泉石さまとも張りあう大物のことでやんすか。旦那はそのお方に大坂で拾ってもらったのでげしょう。大塩党の残党狩りで名をあげた旦那は、江戸に戻って辻斬りを繰りけえした。役人の手がまわったときも、間一髪のところで助けてくれたのはそのお方だ」

楡木兵庫の実父である伊南外記《げき》にちがいないと、八郎兵衛は察した。

霞は笑う。

「仲立ちをしたのは、忠助、おぬしであろう。渡り中間風情《ふぜい》のくせに吉原で大尽遊びができるのも、わしが汚れ仕事を請けおったおかげじゃ」

「持ちつ持たれつってやつで。旦那、そのはなしはあとにいたしやしょう。今は腐れ用心棒を叩《たた》っ斬って、向井兄妹を生け捕りにするのが先決だ」

「生け捕りにせずとも、生首を持ってくればよいと聞いておるぞ」

「貰《もら》える報酬が半分になっても、よろしいんですかい」

「金はいらん」

「ふん、金より人を斬るのが楽しみだってか。とんでもねえおひとだぜ。でもね、いくら旦那でも、伊坂八郎兵衛は簡単な相手じゃありやせんぜ」

「ほう、伊坂八郎兵衛か。どこかで聞いたことのある名だ」

「南町の虎をご存じですかい」

「ああ、知らぬはずがない。江戸はおろか、関八州《かんはっしゅう》の悪党どもを震えあがらせた隠密廻りじゃ」

霞は身を乗りだし、目を皿にする。

「六年前に死んだと聞いたが、まさか」

「そのまさかでやすよ。目のまえに立っているのが、正真正銘、南町の虎でやんす。北国《ほっこく》街道の鯖江《さばえ》で百人斬りをやったってはなしですぜ。板橋《いたばし》宿で道中奉行の手下どもを相手に大立ちまわりを演じたのも、そいつだって噂を聞きやした。もちろん、伊坂八郎兵衛を斬りゃ名があがるのはたしかだが、舐《な》めてかからねえほうがいい」

「おもしれえ」

霞は刀を大上段に振りかぶる。

根っから人斬りが好きらしい。

「どせい」

生死の間境《まざかい》を越え、刃風《はかぜ》もろとも斬りかかってきた。

八郎兵衛は愛刀を抜き、斜め横に身を逸《そ》らす。

脇胴を狙い、擦《す》りぬけた。

――がしっ。

火花が散る。

肉を裂いた感触はない。

「がはは、わしの身は鋼鉄じゃ」

霞の脇腹は鉄の胴丸に守られていた。

「くそっ」

両手が痺《しび》れている。

「死ぬがよかろう、ふん」

鋭い踏みこみから、突きがきた。

「ぬぐっ」

鬢《びん》を浅く削《そ》がれる。

鮮血が飛んだ。

八郎兵衛は血を舐める。

霞は離れ、手下どもの白刃《はくじん》が殺到した。

「ぬわああ」

八郎兵衛はたまらず、泥道に転がる。

転がりながら、臑《すね》を刈ってやった。

「ぎゃっ」

泥人形と化し、やつぎばやに臑を刈る。

「莫迦たれ、離れろ」

残った連中が後ろ飛びに散った。

八郎兵衛はゆっくり起きあがる。

泥を吸った両袖が重い。

残りは五人、と読んだ。

「伊坂よ、そこまでじゃ」

雨音を裂き、霞龍之介の声が轟《とどろ》く。

大刀の切っ先は、琴乃の胸に向けられていた。

坊主頭の誠三郎は、かたわらに蹲《うずくま》っている。

「おい、しっかりせい」

声を掛けても、虚《うつ》ろな眸子《まなこ》を寄こすだけだ。

「気が変わった。生け捕りにはせぬ。おぬしのせいじゃ」

霞は言いすて、琴乃の胸を突く。

と、みせかけ、剛刀の切っ先を引っこめた。

「おなごは簡単に死なせぬ。むひひ」

悪党は喉を引きつらせて笑い、刀を雨天に掲げた。

「待て」

止める暇もない。

――ぶん。

刃音が唸り、誠三郎の首が落ちた。

「うわああ、兄上」

琴乃が絶叫し、泥だらけの首に追いすがる。

八郎兵衛は一瞬の間隙《かんげき》を衝き、脇差を投擲《とうてき》した。

「食らえ」

「ぬかっ」

糸のように延びた白刃の先端が、霞の額《ひたい》に突きたった。

悪党は巨体を反らし、大の字に倒れていく。

恐れをなした手下どもが後退《あとずさ》りしはじめた。

忠助のすがたは、すでにない。

八郎兵衛が一歩踏みだすや、残った四人は尻をみせて逃げる。

「くそったれ」

激しい雨音が、静けさを際立たせていた。

棒鼻の泥道には、目を覆わんばかりの光景がひろがっている。

「……うう、兄上」

噎《むせ》び泣く琴乃に掛けることばもない。

みずからの不甲斐なさを嘆いたところで、向井誠三郎は還《かえ》ってこないのだ。

水嵩《みずかさ》を増した荒川は、大きな舌で橋桁の上を舐めている。

琴乃はゆらりと立ちあがり、川のほうへ向かっていった。

——死ぬな。死んではならぬ。

八郎兵衛は胸に叫びつつも、止めようとはしなかった。

五

琴乃は橋桁で踏みとどまった。

「兄上のあとを追いたい。されど、できぬ事情がござります」

奔騰する荒川を背にして、泣きながらそう訴えたのだ。

「楡木兵庫とのあいだに、四つになる子があります。生まれてすぐ姑《しゅうとめ》どのに奪われた子があるのです。その子を楡木家に残してまいりました。名は小太郎《こたろう》と申します。小太郎の顔をみずに死ぬことはできませぬ」

「なぜ、それほど大事なことを黙っておった」

八郎兵衛は怒声を発した。

泥の毬藻《まりも》と化した誠三郎の首を布に包んで抱え、千住大橋を取ってかえすや、建ち並ぶ旅籠を顧みずに小塚原へ向かう。

雨のなか、ふたりがたどりついたさきは「首切地蔵」のある延命寺だった。

「忠助を逃がした。あやつは鼻が利《き》くゆえ、千住宿の旅籠は使えぬ」

宿坊で案内を請うと、皺顔《しわがお》の住職があらわれた。

「和尚《おしょう》、久方ぶりにござる」

「おっ、八郎兵衛ではないか。生きておったのか」

「しぶとく生きておりましたよ」

「ひどい火傷を負ったな」

「たいしたことはありませぬ」

「何年ぶりかのう」

「五年ぶりかと」

「そうなるか」

駈けだし同心のころから、念空《ねんくう》和尚には何かと世話になった。

人の力ではどうにもならぬ世の無常とともに、人としてなすべきことを教わった。

説法を素直に聞くことができたのは、念空和尚くらいのものだ。

「八郎兵衛、それは誰ぞの生首か」

「いかにも。後ろに控える琴乃どのの兄上にござります。手厚く葬ってやりたいのですが」

「任せておけ」

念空は小坊主を呼び、琴乃に断ってから生首を持っていかせる。

ふたりは親しげに再会の抱擁を交わし、宿坊の奥へ進んでいった。

琴乃はわけもわからぬまま、あとにしたがう。

抹香臭い仏間に導かれ、下座に落ちついた。

「して、そのおなごを何日か預かれと申すのだな」

察しの良い念空のことばに、八郎兵衛はうなずいた。

「なにとぞ、よしなに」

「あいわかった」

何ひとつ理由は問わぬ。

ふたりのあいだに築かれた信頼が堅固であることの証明《あかし》だ。

「そなた、琴乃と申すのか」

「はい」

「据え風呂はあるが、飯は不味《まず》いぞ。それに、夜更けになると山狗どもが屍骸をあさりにやってくる。遠吠《とおぼ》えに耳をふさぎたくなるであろう。ま、それでよければゆるりとしていくがよい」

念空はそう言い、気を利かせて席を外す。

八郎兵衛は襟を正し、琴乃に向きなおった。

「聞いたとおりだ。ここなら安心ゆえ、数日世話になるといい」

「伊坂さまは」

「はて、どうするかな。まずはもういちど、幼子のはなしを聞こうか」

琴乃は俯《うつむ》き、嗚咽《おえつ》を漏らしはじめる。

「……す、すみませぬ。何度もあの子を忘れようとしたのです。死んだものとあきらめようと。道々、小太郎に謝りつづけました。おまえを置いて、わたしだけ逃げてすまぬと……」

待乳山聖天や西方寺に捧げたのは、祈りではなく、謝罪だったにちがいない。

「……されど、あきらめきれなかった。あのような呪われた楡木家に小太郎だけ置いていくのは忍びない。伊坂さま、どうかあの子を」

「奪いかえせと申すのか」

「無理を承知でお願い申しあげます。伊坂さまならきっと、願いをお聞きとどけくださるはず」

何を言われようとも、きっぱり断るしかあるまい。

ところが、おもいもよらぬことばが口を衝いて出た。

「待っておれ。小太郎にきっと逢《あ》わせてやる」

八郎兵衛は琴乃を延命寺に託し、雨のなかへ飛びだした。

めざすは、箱崎の土井家中屋敷だ。

「いったい、どうしてしまったのだ」

兄を亡くして傷ついた琴乃に同情を抱いたのか。

小走りに進む道すがら、八郎兵衛は莫迦な自分を笑いたくなった。

「いったい、わしは何を考えておる」

そもそも、楡木邸のある土井家中屋敷に潜入する妙案すら浮かんでこない。

そういえば、箱崎にいたる途中には芳町があった。

夕暮れになり、八郎兵衛は見慣れた露地裏に戻ってきた。

蔭間のふたりに助力を請うべく、今朝《けさ》切火を切ってもらったばかりの『橘屋』に身を捻じいれる。

定吉は客を取っているようで、奥から喘《あえ》ぎ声が聞こえてきた。

かまわずに草履を脱ぎ、跫音《あしあと》も騒々しく廊下を渡る。

声の漏れてくる部屋のまえに立ち、空咳《からぜき》を放った。

衣擦《きぬず》れの音とともに、定吉が上気した顔を出す。

「あっ、八さま」

驚いた定吉は客のことも忘れ、八郎兵衛との再会を喜んだ。

が、すぐに凶事のにおいを嗅《か》ぎつけ、向井兄妹の無事を問うてくる。

兄の誠三郎が死んだことを告げると、定吉はことばを失ってしまった。

ともかく客に事情をはなして帰ってもらい、とろり乃介を呼びにやる。

あらわれた四角い顔の蔭間は事情を聞き、自分たちにも幼子を奪いかえす手伝いをやらせてくれと言った。

「楡木邸が土井屋敷のどこにあって、小太郎がどの部屋におるのか、琴乃どのに詳細な絵図面を描いてもらった。いちばんの難題は、どうやって中屋敷に潜りこむかだ」

「そいつは、存外にできない相談じゃないかも」

とろり乃介は、定吉に目配せをおくる。

「土井屋敷の門番たちは蔭間好みでね、ちょくちょくこの界隈にも顔を出すのさ」

門番をことばたくみに誑《たら》しこむ役目は、定吉が請けおった。

とろり乃介と八郎兵衛は駕籠《かご》かきに化け、中屋敷へ侵入する。侵入してしまえばこちらのもの、八郎兵衛が楡木邸に忍びこみ、小太郎を外へ連れだせばよい。

思惑どおりに事が進むかどうかは五分五分だ。

「もう少し、敵の様子を調べたほうがいいね」

とろり乃介の言うとおり、明日一日は調べにあて、家人が寝静まった深更に行動を起こすことで相談はまとまった。

六

とろり乃介がどこからか、さまざまなはなしを仕入れてきた。

あまり参考になるものはないが、藤《ふじ》という姑は強欲で悋気《りんき》の強い性分らしいとわかった。

「じつは、兵庫の実父伊南外記の妹なんだよ」

藤は兵庫の叔母《おば》にあたり、血の繋《つな》がりもある。楡木家との養子縁組をまとめたのも藤にほかならなかった。

「兵庫にべったりでね、前妻のときも生まれた男の子を奪い、意のままになる乳母《うば》に育てさせた。その子は麻疹《はしか》で死んだとおもわれていたけれど、そうじゃないって言う者もいる。藤から折檻《せっかん》されて死んだらしいんだよ」

悲劇はそれだけに留まらない。

秘《ひそ》かに囁《ささや》かれている噂によれば、息子の死を知った前妻はみずからの死をもって抗議すべく、井戸で首を縊ったというのだ。

前妻の死は病死とされていたので、後妻の琴乃は真相を知らない。

語られた姑の行状が真実ならば、もはや、一刻の猶予もならぬ。

雨はあがっていた。

夕刻、八郎兵衛たち三人は銀座から堀川に沿って南へ進んだ。

左右には大名屋敷の海鼠壁《なまこかべ》がつづき、壁の切れたところに永久橋があらわれた。

橋を渡れば、古河藩土井家八万石の中屋敷にたどりつく。

右手の奥は箱崎、左手はかつて三《み》ツ叉《また》と呼ばれた浅瀬だ。

三人は橋を渡った。

あたりはとっぷり暮れ、雲間にみえる月が川面に映っている。

幕府老中の土井大炊頭利位《としつら》は馬場先御門《ばばさきごもん》そばの上屋敷におり、主立った重臣たちもそちらに詰めていたが、箱崎の中屋敷と深川猿江《さるえ》の下屋敷には藩士の家族たちが大勢住まわされていた。勘定吟味役をつとめる楡木家もそのひとつだ。

眼前には中屋敷の正門がそそりたっている。

「まえにも一度、来たことがあるよ」

定吉は囁き、こん、ここんと門を敲《たた》いた。

しばらくして潜り戸が開き、ぬっと提灯《ちょうちん》が差しだされる。

あらわれた不審そうな顔は、定吉の知らぬ相手ではない。

「こんばんは」

挨拶《あいさつ》をすると、門番は低声《こごえ》で叱りつけてきた。

「芳町の蔭間が何の用じゃ」

「ご心配なさらずに。掛けとりじゃござんせんよ。今宵《こよい》はちょいと野暮なお願いにあがりました」

「何だ。手短に申してみよ」

「楡木兵庫さまというお方から文使いを寄こされましてね、蔭間遊びをしたいから夜陰に乗じて駕籠を寄こせとお言いつけに」

「夜陰に乗じてだと」

「はい。まさか、土井さまの御中屋敷まで駕籠を呼ぶお大尽などおられまいと勘ぐりながらも、ご用命に背《そむ》くわけにもいかず。ほら、あそこに」

定吉が指差す物陰に、一挺《ちょう》の駕籠が控えていた。

駕籠かきに扮《ふん》したふたりが、呑気《のんき》に煙管《キセル》を喫《す》っている。

「いかがいたしましょう」

流し目を送ると、門番は口を尖《とが》らせた。

「楡木兵庫さまなら蔭間遊びもしようし、御屋敷の内へ駕籠も呼びつけよう。逆らったら仕返しが恐ろしい御仁《ごじん》ゆえ、裏門からなら駕籠を入れるのもやぶさかでないがな」

「見返りは用意してござりますよ。半月《はんつき》のあいだ、茶屋の花代を只にしてさしあげましょう」

「ひと月にならぬか」

「ようござります。されば、裏門を開けておいてくだされ」

「誰かにみつかっても、わしの名を出すでないぞ」

「それはもう、心得ておりますよ」

勇んで歩く定吉の背に駕籠かきもつづき、屋敷の裏手へまわりこむ。

すでに、門は開いていた。

定吉をひとり残して、駕籠を担いだふたりは内へ踏みこむ。

そこからさきの道順は、八郎兵衛の頭にちゃんとあった。

重臣たちの屋敷は長屋門の端に集まっており、楡木邸は北東の鬼門を守る恰好《かっこう》で建っている。

琴乃から絵図面を貰っていたので、まちがえようもなかった。

屋敷の表口は暗く、灯《あか》りは漏れていない。

家人は寝静まっているようだ。

当主夫婦と息子夫婦は別の棟に分かれて暮らし、両方の母屋《おもや》は広い中庭に面していた。

小太郎の寝所は、当主夫婦の棟に付いた離室《はなれ》だ。

満天星《どうだん》の垣根を擦りぬけ、中庭から忍びこむ。

門前にとろり乃介を残し、八郎兵衛は高い塀を乗りこえた。

大刀は駕籠に隠しおき、脇差だけを腰に差している。

まんまと潜入を果たすと、垣根の簀戸《すど》をそっと開き、中庭へ潜りこんだ。

立ちどまって窺《うかが》っても、人の気配はない。

母屋の雨戸は閉められておらず、好きなところから廊下にあがることができた。

小太郎はいつも夜は乳母と寝ているという。

姑の躾《しつけ》は執拗なまでに厳しく、琴乃は「夜な夜な小太郎の泣き声が聞こえてきて、気がおかしくなりそうだった」と八郎兵衛に告げた。

藤は琴乃から子を奪った罪の報いを受けねばならぬ。

頭上に月はなく、星が瞬《またた》いていた。

夜目が利くので、離室はすぐにわかった。

迷わずに廊下をたどり、襖障子《ふすましょうじ》のまえに立つ。

用意してきた油を桟《さん》に流し、音もなく障子を開けた。

乳母らしき者はおらず、畳には褥《しとね》も敷かれていない。

幼子の気配はあった。

手足を縛られ、荒縄で床柱に繋がれている。

「小太郎か」

縛られたまま畳に転がされ、小さな寝息を起《た》てていた。

やはり、噂どおりの姑らしい。

八郎兵衛は近づいて縄を切った。

縛《いまし》めから解きはなってやると、小太郎は眠そうに目を開ける。

八郎兵衛に気づいて驚きながらも、声は出さない。

悪夢のつづきをみているとでもおもったのだろう。

「母に逢いたいか」

八郎兵衛は囁いた。

「逢いたくば、わしと屋敷を出ねばならぬ。どういたす。出るか残るかは、おぬしが決めることだ」

八郎兵衛は四つの幼子を睨みつけ、一か八かの選択を迫った。

歳《とし》がいくつだろうと、おのれの進む道はおのれで決めねばならぬ。

並々ならぬ気迫が通じたのか、小太郎はこっくりとうなずいた。

「よいのだな。後悔せぬと誓うか」

「はい」

「よし、良い子だ」

八郎兵衛は小太郎を片手で抱きあげ、廊下へ戻った。

と、そのとき。

手燭《てしょく》の灯りが、廊下の向こうから近づいてきた。

小太郎を床に下ろし、家守《やもり》よろしく襖障子に張りつく。

「誰じゃ、小太郎か。そこにおるのかえ」

姑らしき人物の声だ。

手燭は揺れながら近づき、頬の垂れた老女の顔を照らしだす。

八郎兵衛は顔だけ横に向け、にっと笑いかけてやった。

と同時に、身を寄せる。

「……く、くせもの」

発しかけたその口を八つ手のような掌《てのひら》でふさぎ、抜きはなった脇差の柄頭《つかがしら》で眉間《みけん》を突いた。

――ずこっ。

鈍い音が響き、姑は白目を剝く。

重いからだを部屋にはこびこみ、小太郎を抱いて中庭に飛びおりた。

するとこんどは、隣の母屋から殺気立った人の気配が近づいてきた。

小太郎を簀戸の手前に立たせ、八郎兵衛は垣根の陰に隠れる。

滑るように近づいてきた人影が、疳高《かんだか》い声で喋りかけてきた。

「小太郎か、そんなところで何をしておる」

「……ち、父上」

楡木兵庫だ。

八郎兵衛は察するや、獣のように飛びかかる。

「ぬわっ」

痩《や》せた人影が仰《の》けぞった。

腰に大小はない。

八郎兵衛の握る脇差の切っ先が、相手の鼻面に向けられた。

兵庫の双眸《そうぼう》が獣じみた光を放つ。

「おぬし、何者じゃ」

「霞龍之介を冥途《めいど》へおくった男さ」

「ほほう、あやつをな。すると、向井誠三郎と琴乃は逃げおおせたのか」

「逃げおおせたとしたら、どうする」

「地獄の涯《はて》まで追いつめるだろうな」

「今ここで死ねば、追いつめる手間も省けよう」

「待て。五百両欲しくはないか」

「大きく出たな。もしや、それは盗んだ公金の一部か」

「けっ、霞のやつが喋ったな」

「霞だけではない。忠助とかいう渡り中間も、おぬしらに公金を盗ませた黒幕の正体を喋ったぞ」

「何だと」

ここが勝負所と、八郎兵衛はたたみかける。

「黒幕は伊南外記。土井家の宿老にして、おぬしの実父だ。無論、養父の楡木源太夫も悪党仲間さ。土井家の台所を預かる勘定吟味役ゆえ、道普請に使うはずの公金を盗むのは難しいことではない。配下の木っ端役人に罪を着せることにして、まんまと盗みをやった。向井誠三郎の妹をおぬしに娶《めと》らせたのも、悪事の布石だったのかもな」

「ふっ、読みが鋭いな。益々《ますます》、おぬしを手懐《てなず》けとうなった。千両でどうじゃ、わしの右腕にならぬか。さすれば、酒も女ものぞみのままぞ」

「考えてみよう」

「そうはいかぬ。今決めよ」

「なれば、こたえは否《いな》だ」

「千両を棒に振るのか」

「おぬしのことなど、最初《はな》から信用しておらぬ」

吐きすててやると、兵庫は小太郎をちらりとみた。

「ふん、琴乃に誑《たら》しこまれたな。腹を痛めた子を連れてくれれば、からだをくれてやるとでも言われたか」

八郎兵衛は、ぎりっと奥歯を噛《か》む。

「おぬし、死にたいらしいな」

「死なぬさ。わしが死ねば、伊南家があらゆる手を使ってでも、向井兄妹と小太郎を捜しだそうとするだろう。公金横領の真相を知るおぬしは捕まり、裁きも受けずに磔《はりつけ》となる。土井家に仇《あだ》なす者として断罪されるのじゃ。ただし、そうさせぬ方法がひとつだけある。難しいはなしではない。わしの命を助けよ。その代わり、この場で約束させるのじゃ。向井兄妹と小太郎には二度と関わらぬとな」

「笑止な」

「口約束ではないぞ。奉書紙に三行半を書いてやる」

「そんな暇はない」

「懐紙でも通用しよう。矢立はあるか」

八郎兵衛は切っ先を逸らさず、懐中から矢立を出して抛《ほう》った。

「懐紙なら、わしも持っておる。ほれ、綴《つづ》るぞ」

った。


兵庫は筆先を舐め、さらさらと文面をしたためる。

開いてみせた内容はどこにでもある離縁状と同じで、八郎兵衛も満足のいくものだった。

「そいつを寄こして、後ろを向け」

兵庫は三行半を寄こし、言うとおりにする。

八郎兵衛は背に近づき、元結いを摑むや、脇差でぶつっと切った。

「……な、何をする」

「騒ぐな。約定《やくじょう》を破って追っ手を仕掛けたら、おぬしの命はないぞ。さらばだ」

「うっ」

首筋の急所に脇差の峰を叩きつけると、兵庫はその場にくずおれた。

三行半など、ただの紙切れにすぎぬ。

約束は反故にされるにちがいないとおもった。

命を助けてやったのは、凄惨な光景を幼子にみせたくないからだ。

小太郎は泣きもせず、地べたに転がった父のことを見下ろしている。

「まいるぞ」

八郎兵衛が促すと、父の愛情を知らぬ幼子は何も言わずに従《つ》いてきた。

七

楡木兵庫に怒りは感じても恨みはない。

ゆえに、命を獲《と》ろうとまではおもわなかった。

ただし、追っ手を差しむけてくるようなら容赦はしない。

八郎兵衛は覚悟を決め、小太郎を抱えてその晩のうちに延命寺へ戻った。

待ちわびていた琴乃は伽藍《がらん》の入口に小太郎のすがたをみつけるなり、必死の形相《ぎょうそう》で駆けよってきた。

「母上」

小太郎は母の胸に抱かれ、はじめて声をあげて泣いた。

侍の子らしく健気《けなげ》に耐えてきたのだとわかり、八郎兵衛もうっかり貰い泣きしてしまう。

「すべては御《み》仏《ほとけ》のご加護があればこそにござります」

琴乃は御本尊に感謝したものの、みずからはこれより縁切寺へ行かねばならぬ。

子を連れて尼寺へはいることは許されぬ決まりなので、小太郎とは二年後の再会を約して別れねばならなかった。

「二年など、あっというまじゃ」

念空は笑って諭《さと》す。

「母は子を、子は母を心の支えにして心安らかに過ごせばよい。満徳寺での修行が終わるまで、この子は拙僧《せっそう》が預かろう。幼子にとって宿坊での暮らしはけっして楽なものではないが、二年後には立派な男《お》の子《こ》に育っておろう」

琴乃と八郎兵衛は慈悲深き和尚に感謝し、翌早朝、咎人《とがにん》にとっては終焉《しゅうえん》の地でもある延命寺から旅立った。

琴乃は泣き腫《は》らした目で何度も振りかえり、小太郎との別れを惜しんだ。

兵庫のしたためた三行半は手渡してあったが、満徳寺行きを止《や》めるつもりはないらしい。今の自分にとって必要なのは、紙切れ一枚よりも尼寺での過酷な修行なのだと、琴乃は雄々しく胸を張った。

八郎兵衛は殺戮《さつりく》の痕跡《こんせき》が残る千住を避け、上野山へ通じる道に戻り、浄閑寺のある三ノ輪から小舟を仕立てて音無川《おとなしがわ》を遡上することにした。

音無川の流れは道灌山《どうかんやま》の北をまわり、飛鳥山《あすかやま》から王子《おうじ》へと向かう。

王子の手前で陸にあがれば、本郷追分《ほんごうおいわけ》から延びる日光御成街道にたどりつけた。

御成街道は名称どおり、将軍が日光へ参拝する際に使う道だ。本郷追分で中山道と分かれて北西へ延び、荒川を渡って将軍が昼食をとる川口宿、さらには将軍の宿城となる岩槻《いわつき》城下を経て、休息所の聖福寺《しょうふくじ》がある幸手《さって》宿で日光街道に合流する。

ふたりは迂回路《うかいろ》をものともせずに進み、二日目の夕刻には古河城下にたどりついた。

琴乃は緊張で頬を強張《こわば》らせ、周囲に警戒の目を配っている。

娘のころまで過ごした故郷だけに渡良瀬川《わたらせがわ》の岸辺から城をのぞむ景色は郷愁を誘うはずだが、市女笠をかぶって知りあいに見咎められぬようにしていた。

古河は土井家のお膝元にして、利根川《とねがわ》の水運に恵まれた商いの町でもある。

河原の一角には渡し小屋があり、船頭らしき老人と浪人たちが揉《も》めていた。

「わしらを栃木《とちぎ》まで運んでいけ」

「御武家さま方、何度も申しあげるようですが、そこにおるおなご衆《し》がさきにございます。どうしても乗りたいと仰るなら、世良田のほうまで行って帰ってくるあいだ、小屋でお待ちいただくしかありません」

「老いぼれめ、どれだけ待てばよいのだ」

「半日ほどかと」

「抜かせ。戯《ざ》れておるのか。わしら侍より町人の願いを聞きいれるつもりか。ほれ、早《はよ》う舟を出せ」

「できませぬ」

「何だと。これほど頼んでおるというにか」

刀を抜きかからんほどの空気を察し、八郎兵衛は仕方なく歩みよった。

「おい、待て。おぬしら、船頭相手に刀を抜く気か」

声を掛けると、船着場のそばにいるすべての者が振りむく。

侍のひとりが応じた。

「おぬしは何だ。お節介焼きか」

「まあ、そうだな。はなしを聞いておったら、船頭のほうに理がある。ここはおとなしく矛《ほこ》を納めるのが利口というものだ」

「おぬし、斬られたいのか」

浪人どもは八郎兵衛を女連れとみて、強気に出れば勝てると踏んだらしい。

「わしらは浪人じゃ。食えなくなれば、辻強盗も平気でやる。土井家とのしがらみもないゆえな、河原で野良犬一匹斬ったところで罰せられぬのだぞ」

「脅しのつもりか」

八郎兵衛は大股《おおまた》で歩みより、撃尺《げきしゃく》の間合いまで近づいた。

ひとりが抜きはなつ。

「死ねや」

鋭い突きを躱《かわ》し、斜め前方に沈んで脇胴を抜いた。

「おろ」

裂かれた侍の脇胴に、布切れがぺろんと垂れている。

「布切れ一枚と薄皮を裂いたが、つぎは肉と骨を断つ」

「ひぇっ」

侍たちは尻尾《しっぽ》を巻いて逃げだした。

船頭はひざまずき、八郎兵衛を拝んでいる。

「やめてくれ。おれはほとけじゃねえ」

「あっしにとっちゃ、ほとけさまでさあ」

「鬱陶《うっとう》しい親爺《おやじ》め、早うおなご衆を乗せて舟を出せ」

「へい」

纜《ともづな》を解いてやると、老いた船頭は勇んで棹を挿《さ》す。

杏子《あんず》色《いろ》の大きな夕陽が、今しも川に落ちかけていた。

燃えあがる川面に水脈《みお》を曳《ひ》き、小舟は遠ざかっていく。

「行ったな」

「はい。伊坂さまはまたひとつ、善《よ》いことをなされましたね」

「やめてくれ。わしは琴乃どのがおもうほど、善人ではない。それより、暗くなるまえに訪ねたいところがある」

わざわざ古河を訪れたのは、公金横領の濡れ衣を着せられた誠三郎の名誉を挽回させたいからだ。そのためにはしかるべきところへ訴えでて、公金に手をつけた真の悪党どもの正体を教えてやらねばならぬ。

訴えでる相手は土井家筆頭家老の鷹見《たかみ》泉石《せんせき》と定めてあったが、もとより、ふらりと訪れて会ってくれるような相手ではなかった。

鷹見は藩主利位の懐《ふところ》刀《がたな》として藩政に辣腕《らつわん》をふるい、幕閣内でも「土井の鷹見か、鷹見の土井か」と評されるほど有能な人物だった。海の外にも関心を寄せ、諸外国からあらゆる文物を集めるとともに藩校を充実させ、蘭学者の渡辺崋山《わたなべかざん》や画家の司馬江漢《しばこうかん》、砲術家の高島秋帆《たかしましゅうはん》や露国に渡航した大黒屋光太夫《だいこくやこうだゆう》、あるいは、カピタンと称するオランダ商館長まで幅広く交流を持った。

進取の精神に溢《あふ》れている一方で厳格な官吏でもあり、藩主利位が大坂城代のころは大塩平八郎の「壮挙」を鎮定する陣頭指揮に立った。

立場上は致し方のない仕置きであったと、八郎兵衛は理解をしめしている。

いずれにしろ、鷹見に会わねばならない。

もっとも、勝算がないわけではなかった。

隠密廻りだったころ、恩を売った相手が土井家にひとりいた。

そのころは江戸勤番であったが、今は国元で横目付《よこめつけ》の組頭をつとめている。藩士の監視役でもある役柄ゆえ、重臣に目通りする機会はあるはずだ。

「栗林《くりばやし》弥平《やへい》というてな。じつは、文であらかじめ来訪を知らせておいた。誠実が取り柄の人物ゆえ、敵に通じる恐れはなかろう」

栗林には「久しぶりに会いたい」という意向を伝えただけで、詳細は綴っていない。

ふたりは渡良瀬川の東岸に聳える城を見上げつつ、城からさほど離れていない栗林の屋敷を訪ねた。

すぐさま、ずんぐりした体軀《たいく》の栗林が顔を出す。

「お待ちしておりましたぞ。伊坂どの、いつぞやはお世話になり申した」

栗林はよほど恩義に感じているのか、八郎兵衛を下にもおかぬ態度で出迎え、客間へ通してくれた。

しばらくすると、十四、五の娘が酒肴《しゅこう》の膳《ぜん》を運んでくる。

「おぼえておいでか。伊坂どのに救ってもらった娘の多恵《たえ》じゃ。神隠しにあったのが七つゆえ、あれから七年も経ってしもうた」

「大きゅうなられたな。すっかりみちがえたぞ」

多恵は頬を赤らめ、ぺこりとお辞儀していなくなる。

「ご存じのとおり、妻は神隠しの心労で逝《い》った。あれから後妻の来てもなく、今では多恵に家事いっさいを任せており申す」

なるほどと、かたわらの琴乃も事情を理解したようだった。

八郎兵衛は何ひとつ語らないが、栗林の受けた恩の重さがわかったように感じられたのだ。

ひとしきり往時を懐かしんだあと、栗林は肝心の問いを口にした。

「して、何ぞ折り入って頼みがあるとか」

「単刀直入に申しあげる。鷹見泉石さまにお目通りできるよう、段取りをお願いできまいか」

「御家老に」

「ふむ。直々におはなし申しあげたいことがある」

「ほう。わが藩に関わることでござるか」

「栗林どのは聞かぬほうがよい。鷹見さまもそれを望むであろう」

「あいわかった。詮索《せんさく》はすまい。御家老は今、ご静養で国元に戻っておられる。伊坂どのの願いゆえ、繋ぐのはやぶさかではないが」

そう言って、栗林は琴乃をちらりとみた。

「もしや、そちらの御仁に関わりがござるのか」

すかさず、八郎兵衛は応じる。

「おぬしに迷惑は掛けぬ。武士の情けとおもうて、御家老に取りついでほしい」

「承知つかまつった。できるだけのことはしてみよう」

「かたじけない」

八郎兵衛が発するや、かたわらの琴乃が両手をつき、畳に額《ひたい》を擦りつける。

「困ったな。おなごに手をつかれてはやりにくい」

栗林は恐縮し、八郎兵衛の盃《さかずき》に冷めかけた酒を注《つ》いでくれた。

八

翌夕、鷹見との会見はあっさり許された。

さっそく指示されたとおり、八郎兵衛は琴乃を連れて鷹見の別邸に向かった。

侘《わ》びた門を潜ると、竹林の狭間に飛び石が置かれている。

石灯籠《いしどうろう》には火が灯《とも》っており、足許《あしもと》を気にする必要もない。

案内役はおらず、表口のそばで小柄な老人が盆栽の剪定《せんてい》をしている。

「もしや、鷹見泉石さまではござりませぬか」

気負って声を掛けると、老人は鋏《はさみ》を手にしたまま振りむいた。

「伊坂どのか」

「はい」

「弥平めが世話になったそうじゃの。あやつは妻の遠縁ゆえ、その愛娘《まなむすめ》の命を救ってくれた恩人ならば、なおざりにはできまい。されど、何かとわずらわしい身ゆえ、客間でじっくりはなしを聞くことはできぬ。それでもよろしいか」

「もちろんにござります。されば」

八郎兵衛は後ろに控える琴乃を紹介し、土井家の不祥事にもなりかねない事の経緯《いきさつ》を説きはじめた。

鷹見は黙って耳をかたむけつづけた。

ところが、はなしを聞き終えると、剪定していた松のなかで枝ぶりの良い一本を惜しげもなく剪《き》ってしまう。

「あっ」

八郎兵衛と琴乃は息を呑んだ。

鷹見はこちらもみず、悲しげな声を漏らす。

「懸崖《けんがい》の老松《おいまつ》じゃ。鉢からはみだし、枝を下へ下へと伸ばす。適当なところで剪ってやらねば、根こそぎ鉢から落ちてしまう。そのあたりの塩梅《あんばい》が難しゅうてな。藩の舵《かじ》取りも同じようなものじゃ。まこと、気骨《きぼね》の折れることが多すぎる」

ほっと溜息を吐き、鷹見は鋏を置いた。

「訴えはようわかった。公金横領の件は内々に調べ、おぬしの申すとおりであれば伊南家と楡木家にそれ相応の処分を下さねばなるまい。そうなれば、おのずと向井誠三郎の名誉も保たれるであろう」

「ありがたきおことば、かたじけのうございます」

「謝らねばならぬのは、わしのほうじゃ。すまぬな。外のことにかまけて、内のことがおろそかになっておった。伊坂どのの来訪は天命と知るべきであろう。して、おふたりはこれよりどこへ向かわれる」

少し戸惑ったものの、八郎兵衛は正直にこたえた。

「満徳寺にまいります」

「縁切寺か。なるほど、妙案じゃ。楡木家と縁を切るに越したことはあるまい。のう」

琴乃をみつめた鷹見の眸子が、異様な光を放ったように感じられた。

だが、瞬時に抱いた不審も興奮の余韻に掻き消されてしまう。

八郎兵衛は丁重に礼を言い、鷹見のもとを辞去した。

屋敷を離れて肩の荷を下ろすと、琴乃がにっこり微笑《ほほえ》んでくる。

「何やら夢をみているようです」

「そうだな」

宿場の旅籠までは、うねうねと土手道がつづく。

遅い時刻なので、栗林への礼は明日にしよう。

満天の星が川面に映り、妖《あや》しげに瞬いている。

琴乃はふと足を止め、八郎兵衛を呼びとめた。

「伊坂さま」

と、発した朱唇《くちびる》が艶《つや》めいてみえる。

「どうしたのだ」

琴乃は黙って、身を寄せてきた。

妖しげな光を映した瞳が潤んでいる。

「待ってくれ。そんな目でみるな」

「いけませぬか」

「ああ、ならぬ」

惚れてしまうではないかと、八郎兵衛は胸に何度も繰りかえす。

いけないこととは知りつつも、琴乃の両肩を摑んで引きよせた。

縁切寺へ行くのが、それほど辛《つら》いのか。

無言の問いを発すると、震えた声が戻ってきた。

「わたくしも女にござります。一時でいい。夢をみさせてくだ……」

琴乃のことばを途中で遮《さえぎ》り、八郎兵衛はいきなり唇を奪う。

抱きあったふたりは彫像のように佇み、次第に深まりゆく闇《やみ》に溶けていった。


闇が動いたのは、旅籠に戻ってすぐのことだ。

表口が騒々しくなり、怒鳴り声やら悲鳴やらが錯綜《さくそう》しはじめた。

「お宿あらためにございます。お宿あらためにございます」
手代《てだい》が階段下で叫んでいる。
八郎兵衛は大小を腰に差し、琴乃を促《うなが》して二階の廊下を端まで渡った。
窓を開けて屋根に逃れ、うだつの陰から表口を見下ろす。
捕り方装束の者たちが殺到していた。
後方で指揮を執るのは、栗林弥平にほかならない。
あきらかに、狙いは八郎兵衛たちだ。
「くそっ、抜かったわ」
藩の恥部が外部に漏れるのを回避すべく、鷹見は早々に手を打った。
そうにちがいなかったが、捕縛を命じられた栗林に罪はない。
藩士ならば上の命には逆らえぬ。
藩を守るためだと命じられれば、私情を挟む余地はなかろう。
八郎兵衛は屋根を伝って露地裏に下り、琴乃ともども堀川に身を浸した。
冷たい水に腰まで浸《つ》かって歩き、捕り方の網からどうにか逃れる。
渡良瀬川の川岸にあがってしばらく進むと、遠くに提灯がみえてきた。
渡しの小屋だ。

「これも天の助け」

八郎兵衛は駈けだし、小屋のなかへ飛びこむ。

「ひぇっ」

気づいた船頭が蒲団《ふとん》から跳ねおきた。

「待て、わしだ。驚かしてすまぬ」

「えっ、ああ。なんだ、おめえさんか」

「おぼえていてくれたか」

「忘れるはずはねえ」

「すまぬが、今から舟を出してくれ」

「おやすい御用だ」

船頭は窮地を察し、何も訊かずに仕度《したく》をはじめる。

小屋から出ると、捕り方の提灯が遠くで揺れていた。

「急ぎやしょう」

「ふむ」

纜が解かれ、八郎兵衛と琴乃は船上の人となる。

「へへ、もう大丈夫だ」

船頭がのんびりした口調で訊いてきた。

「ところで、どこまでお行きなさる」

「世良田に近いあたりまで頼む」

「満徳寺かね」

「ようわかったな」

「女連れなら縁切寺と相場は決まっておりやす。おなごひとりで小舟を使うことも多いでな。いつもなら船賃を余計に貰うところじゃが、助けてくれた旦那の頼みとあっちゃ一銭たりとも金は取れねえ」

小舟は星々に導かれ、利根川をゆったり遡上していく。

八郎兵衛は何やら、夢のつづきをみている気分だった。

九

東の空が白々と明け初《そ》めるころ、小舟は桟橋に行きついた。

「そこの竹薮《たけやぶ》を半里も行けば満徳寺の山門がみえてきまさあ」

「ありがとうよ。親爺さんは命の恩人だ」

「何を仰いやす。情けは人のためならずってね。旦那のご恩に報いたかっただけですよ。それではご無事で」

名も知らぬ船頭との別れを惜しみ、ふたりは覚悟を決めて歩きだす。

「伊坂さま、わたし、申し訳ない気持ちでいっぱいです」

「気にするな。わしも他人の親切に縋って、ここまで生きてこられた。いずれ、どこかで返してやりゃいい」

「はい」

行く手には竹藪がある。

山号に「徳川《とくがわ》」の姓が冠された満徳寺は近い。

同寺の開基は徳川氏の先祖とされる新田義季《にったよしすえ》である。二代将軍秀忠《ひでただ》の娘千姫《せんひめ》が豊臣《とよとみ》秀頼《ひでより》と別れたあとに入山し、それが縁切寺の由緒となった。

幕府より朱印状が与えられた年は、鎌倉の東慶寺よりも古い。寺のある世良田は徳川家発祥の地として遇され、毎年四百五十石を与えられる御朱印地となった。満徳寺にも百石が与えられ、徳川家を念仏回向《えこう》する尼寺とされた。寺法により、入山して二年が経過すれば離縁は成立する。

竹林は深く、鬱蒼《うっそう》としていた。

そこいらじゅうで雀《すずめ》が鳴き、うるさいほどだ。

「ここを抜ければ、いよいよ山門がみえてこよう」

「はい」

それは同時に、琴乃との別れを意味する。

八郎兵衛の足取りは、自然と重くなった。

「琴乃どの、不安か」

「えっ」

「追っ手のことさ。安心いたせ。いかに鷹見さまでも、領外までは追っ手を差しむけまい」

栗林弥平も内心では、ほっとしていることだろう。

ふたりはときを惜しむように、一歩一歩ゆっくり進んだ。

竹林はどこまでもつづき、出口はなかなかみえてこない。

「妙だな。雀の鳴き声が歇《や》みおった」

「そういえば、仰せのとおりですね」

――ざざっ。

前方の大竹が揺れ、左右から人影がふたつ飛びだしてくる。

ほぼ同時に、背後からもふたつの人影が迫ってきた。

さらに別の人影がふたつ、行く手にあらわれた。

ふたりとも、みおぼえがある。

ひとりは楡木兵庫、もうひとりは渡り中間の忠助だ。

「ぬふふ、天国と地獄は隣りあわせ。残念だったな」

兵庫は八郎兵衛を嘲笑《あざわら》い、琴乃を睨みつける。

「このわしから逃げられるとでもおもうたか。小太郎はどこに隠した。素直に吐けば命だけは助けてやる」

「死んでも教えません」

「ふん、琴乃よ、母上が嘆いておられたぞ。日頃の恩も忘れ、世継ぎの小太郎まで奪いおってとな」

「日頃の恩など、一片たりとも感じておりませぬ」

「ほう、わしに逆らうのか。どうやら、そこの野良犬といっしょに死にたいらしいな」

「のぞむところにござります」

琴乃の凜とした態度に声を失い、兵庫は眸子から異様な光を放つ。

八郎兵衛はなぜか知らぬが、腹の底から可笑《おか》しさが込みあげてきた。

「ふふ、くふふ」

「下郎め、何が可笑しい」

「おぬしに言いおいたはずだ。追っ手を仕掛けたら命はないと」

「追わぬとおもうたか」

「いいや。おぬしがあらわれるのを、なかば期待しておった。来てくれたら、心おきなく素首《そっくび》を獲ることができるゆえな。ふふ、おぬしは期待を裏切らなんだ。これが笑わずにおられようか」

「抜かせ」

「それともうひとつ、冥途の土産に教えてやる。藩の公金を盗んだ連中は、早晩、縄を打たれることになろう。伊南家も楡木家も仕舞いだ。実父や養父と地獄で酒盛りでもするんだな」

「黙れ。実家の伊南家は土井家代々の重臣、容易なことでは潰《つぶ》れぬわ」

「それは鷹見さまの裁量次第だ」

「なにっ、御家老に訴えたのか」

「ああ、直々にな。おかげで命を狙われたわ。ふん、おぬしの実父伊南外記は実力もないのに鷹見さまと張りあいたがると聞いてな、失脚させるにはちょうどよい口実を与えてやったのだわ。どっちにしろ、公金横領の罪は免《まぬが》れまい」

「ふん、家など潰されてしまえばよい。わしの望みは、おぬしと琴乃を地獄に堕《お》とすことじゃ。それ、殺《や》ってしまえ」

雇われた四匹の野良犬が、一斉に白刃を抜きはなつ。

「ぬおっ」

ひとりが中段の青眼《せいがん》から、猪《いのしし》のように突きかかってきた。

八郎兵衛は瞬時に抜きはなち、伸びた右腕を斬りおとす。

「にぎえっ」

つんのめる男を避けて独楽《こま》のように回転し、後ろに迫った相手の首を飛ばした。

「ひょっ」

生首が竹藪に落ちるよりさきに、残りのふたりに襲いかかる。

「ぬへっ」

ひとりは脇胴を抜き、もうひとりは逆袈裟《ぎやくげさ》の一刀で命脈を絶った。

意志を失った者たちが倒れるまえに、八郎兵衛は駆けだしている。

羽織を脱いで襷掛《たすきが》けになった兵庫が、真正面で待ちかまえていた。

「小癪《こしゃく》な」

抜刀した二尺七寸の刀を、右八相《はっそう》に高く掲げてみせる。

梶派一刀流の免状を持つだけあって、腰の据わった構えだ。

八郎兵衛は立ちどまり、白刃を鞘《さや》に納めた。

愛刀は二尺四寸の堀川国広《ほりかわくにひろ》だ。

地肌は梨子地《なしじ》、刃文は互《ぐ》の目《め》、反りは浅くて身幅の重ねは厚い。

「伊坂八郎兵衛、おぬし、立身流《たつみりゅう》の立居合《たちいあい》を使うらしいな」

兵庫が探りを入れてくる。

「片手ではなく、双手《もろて》抜きと聞いた」

「さよう」

両肩を落とし、両手首を交差させ、双手で瞬時に抜きはなつ。

抜きはなつや、切っ先で尻を掻くほど振りかぶり、相手の頭蓋《ずがい》めがけて峻烈《しゅんれつ》な一撃をくわえるのだ。

これを「豪撃《こわうち》」という。

北辰一刀流《ほくしんいっとうりゅう》を創始した千葉周作《ちばしゅうさく》に「まこと空恐ろしい剣にて候」と言わしめたほどの秘技であった。

が、死にゆく者に無駄な説明はすまい。

「まいる」

八郎兵衛は駈けだし、三間の間合いまで迫った。

刹那、とんと地を蹴りあげ、中空高く飛翔する。

不意を衝かれた兵庫は、胸を反って振りあおいだ。

「くっ」

竹林の狭間から、眩《まぶ》しい光が射《さ》しこんできた。

八郎兵衛は中空で朝陽を背負い、国広を抜きはなつ。

「ぬおっ」

梨子地の白刃が強烈に光を反射させた。

兵庫が闇雲に薙《な》ぎあげた刀は空《くう》を切る。

――ずがっ。

八郎兵衛の一撃は、頭蓋に深々と食いこんでいた。

「ぬらあああ」

断末魔の叫びが、竹林のざわめきに吸いこまれる。

つぎの瞬間、楡木兵庫のからだは立木のように裂けていった。

「莫迦め」

ぶんと血を振り、素早く納刀する。

振りむけば、琴乃のすがたはない。

「鬼さんこちら手の鳴るほうへ」

ふざけた声の主《ぬし》が藪のなかに佇んでいる。

「忠助か」

狡猾《こうかつ》な鼠《ねずみ》は琴乃を盾にとり、白い喉に匕首《あいくち》をあてがっていた。

「一歩でも動いてみな。女の命はねえぜ」

「動かぬさ。おぬしの望みは何だ」

「金だよ、きまってんだろう。旦那はこの女にたんまり貰っているはずだ。そうでなきゃ、危うい道行に命を張るはずはねえ。へへ、少なくとも五十両、いや、百両は貰ってんじゃねえのか」

「ふん、報酬を掠めとる魂胆か」

「鳶《とんび》に油揚げってのは、このことさ。金をそこに置いていきゃ、ふたりとも命は救ってやるぜ。おれはその金を持って、上方にとんずらする。追っても無駄だぜ」

「ちっ」

八郎兵衛は舌打ちをかまし、面倒臭そうに袖をまさぐる。

三枚の小判を抜きだし、地べたに一枚ずつ並べてやった。

「ほらよ、これが報酬だ」

「三両だと、ふざけてはおらぬさ。琴乃どの、そいつに教えてやってくれ」

「ふざけんじゃねえ」

「えっ、何をでござりますか」

「わしをいくらで雇ったか、その阿呆に教えてやるがいい。しかも、残りの金は肌身離さず自分の胴巻きに隠してあると言え」

「ほんとうか」

焦《あせ》った忠助は、琴乃の懐中に手を入れようとする。

「いや、やめて」

琴乃が拒んだ一瞬の隙を見逃さず、八郎兵衛は脇差を投擲した。

風を切った鋭利な刃《やいば》の先端が、月代《さかやき》のまんなかに突きたつ。

「ぬぐっ」

夥《おびただ》しい血が噴きだした。

忠助は頭に刀を刺したまま、地べたに顔を叩きつける。

「伊坂さま」

琴乃がよろめきながらも、両手を伸ばして駈けてきた。

八郎兵衛も身を寄せ、愛《いと》しい相手のからだを抱きとめる。

ふたりは身を寄せあい、竹林を抜けていった。

黒い山門がみえてくる。

「ほら、あれを」

山門の脇には、黄金色の連翹《れんぎょう》が咲いていた。

八郎兵衛は足を止め、琴乃に優しげな眼差《まなざ》しをおくる。

「兵庫は死んだ。考えてみれば、あそこに入山する必要はなくなった。どういたす」

「まいります」

「行くのか」

「はい。身も心も浄《きよ》め、兄の御霊《みたま》を弔いとうござります」

「さようか。ならば、止めまい」

予想したとおりの返答ではあった。

八郎兵衛は、みずからを鼓舞するように言いはなつ。

「ここからは、ひとりで行け」

「はい」

満徳寺の甍《いらか》は曙光《しょこう》に煌《きら》めき、眩いばかりの光彩を放っている。

琴乃は堂々と胸を張り、阿弥陀如来の待つ参道を歩きはじめた。

巴波《うずま》川の竜神

一

花散らしの風が吹いて季節は立夏《りっか》となった。

ここ数日は卯《う》の花腐《はなくだ》しと呼ばれる長雨がつづいている。

琴乃との別れが響いたのか、八郎兵衛は骨抜き水母《くらげ》のようになり、しばらくのあいだ野州の宿場町に逗留《とうりゅう》しつづけた。

水運によって栄える栃木宿《とちぎ》だ。

上州の倉賀野《くらがの》から日光へ向かう例幣使《れいへいし》街道《かいどう》の途中にある。

例幣使とは天皇家から徳川家へ遣《つか》わされる使者のことで、毎年卯月におこなわれる日光東照宮《とうしょうぐう》の祭礼に金幣《きんぺい》を捧げるべく、遥《はる》か京からやってくる。五十余人からなる一行は朔日《ついたち》に京を出発して中山道経由で倉賀野をめざし、十五日に日光へ到達しなければならない。

煌《きら》びやかな一行が栃木へやってくるまでには、まだ十日余りの猶予があった。

例幣使のことなど、八郎兵衛の頭にはまったくない。

満徳寺をあとにして行く当てもないままに歩きつづけ、たどりついた上州の太田宿から日光をめざした。そして、破落戸《ごろつき》にからまれた年増後家《としまごけ》を救ってやったのが縁で、栃木宿に腰を落ちつけたのだ。

入舟町《いりふねちょう》の一角、おでんという後家が金貸しを営む仕舞屋《しもたや》で厄介になっている。

黒板塀の家の二階からは、水量豊かな巴波川を見下ろすことができた。

川岸には材木問屋や白壁の土蔵が並び、部賀舟《べがぶね》と称する荷船が行き交っている。

巴波川の流れは速く、荷船が遡上する際は岸辺の綱手道《つなてみち》に人を配し、太い綱で曳かねばならない。

「船曳《ふなひき》がそんなにめずらしいかい」

おでんが鼻に掛かった声で言った。

「おまえさんが来てくれて、かれこれ十日になるだろう。隣近所には用心棒を雇ったんだって伝えたけど、誰も信用しちゃくれないよ。どうせ良い仲なんだろうって腹の裡《うち》じゃ探っているのさ。それならそれで、あたしゃかまわないんだけどね」

艶っぽい眼差しでみつめるおでんは、鼈甲簪《べっこうかんざし》をぐさりと挿した貝髷《ばいまげ》が似合う。伝《でん》法肌《ぼうはだ》な女だ。そういえば、三代目坂東三津五郎を裏切って五代目瀬川菊之丞と密通を重ねた正妻も同じ名だったと気づき、八郎兵衛はにやりと笑う。

「何が可笑《おか》しいんだい。厭《いや》らしい男だね」

「男が欲しいんなら、はっきりそう言ったらどうだ」

「おや、みくびったら承知しないよ。あたしと懇《ねんご》ろになりたい男は掃いて捨てるほどいるんだからね」

「金目当ての男なんぞ、洟《はな》も引っかけないのだろう」

「ああ、そうさ。あんたみたいなへそまがりの唐変木《とうへんぼく》が好きなのさ。でもね、抱いてくれとは言わないよ。あたしは安っぽい女じゃない。これでもお侍に見初《みそ》められてね、武家の妻女におさまったこともあるんだ」

「ふうん、武家の妻女にしちゃ、色気が勝ちすぎているようだな」

「もとは岡場所の女さ。茶釜《ちゃがま》で有名な天明《てんみょう》の出でね、鋳物師《いもじ》のおとっつあんが小悪党に騙されて十四の娘を売るはめになったのさ。上州と野州の岡場所を転々としたすえに、出逢った相手が亡くなった亭主だった。気の良い小役人でね、遊び女《め》のあたしなんぞに心底惚れてくれたんだよ」

「請けだしてもらったのか」

「そうさ。あのひと、禄米をカタに借金までしてね」

ぐすっと洟を啜《すす》り、おでんは遠い目をする。

どうやら、死んだ亭主があきらめきれぬらしい。

過去に縛られた女ほど面倒なものはないと、八郎兵衛はおもった。

そこへ、ひょっこり訪ねてきた者がある。

「おでんどの、おでんどの。おるなら返事をしてくれ」

侍らしき人物に階下から呼ばれ、おでんは途端にそわそわしだす。

「はあい、ただいま。ちょっとお待ちになって」

手鏡を眺めて紅をちょんとさし、そそくさと階段を下りていく。

好いた相手でもいるのかと、八郎兵衛は勘ぐった。

濡れ髪の月代侍《さかやき》がおでんに導かれてきた。

右手に大きな野鯉《のごい》をぶらさげている。

「ふふ、莫迦め、堰《せき》の蛇籠《じゃかご》に掛かりおったのだ。おでんどの、こいつを三枚におろしてくれぬか」

「はい」

月代侍は鯉を手渡すと、対面する恰好でどっかり座る。

「よう降る雨じゃ。そこもとが後家貸しの用心棒どのか」

人懐《ひとなつ》こそうな顔を向けられ、八郎兵衛はうなずく。

「いかにも、そうだが」

「拙者、足利《あしかが》藩戸田《とだ》家家臣、八木沼勝之進《やぎぬまかつのしん》と申す。そこもとは」

「名乗るような者ではないが、伊坂八郎兵衛でござる」

「おう、伊坂どのか。無礼を承知で申せば、凄《すさ》まじい面相じゃ。剣術《やっとう》のほうも、さぞかしお強いのであろうな」

「見かけ倒しにて候」

「ぬへっ、戯《ざ》れおった。おもしろい御仁だ」

おでんが嬉しそうに酒肴を運んできた。

「さっきの鯉、あらいにしましたよ。付け汁は酢味噌《すみそ》でどうぞ」

「さすがおでんどの、手際が良いな」

「鱗《うろこ》を取ることもありませんから、存外に容易《たやす》いんですよ」

「残りは塩焼きにでもしてもらおうか」

「かしこまりました。おふたりとも鬼がつくほどの酒豪だから、馬が合うかもしれませんよ」

「ふはは、あたりまえだ。酒呑みに悪党はおらぬ」

「あら、そうかしら」

「ほれ、わしをみよ。これが悪党の面《つら》か」

八木沼はおでんをからかいつつ、盃になみなみと燗酒《かんざけ》を注いでくれた。

平皿に載った鯉のあらいも味わい、差しつ差されつしているうちに、気分が綿のようにほぐれてくる。

なるほど、馬の合う相手だとすぐにわかった。

「おでんどのの亭主は、わしの朋輩《ほうばい》であった。あいつが急死してから、おでんどのは見る影もなく窶《やつ》れてしまいおってな。心配でたまらず、こうして暇をみつけては様子をみに立ち寄るのだ」

聞けば、八木沼も七年前に妻を亡くしており、十四になった愛娘の美代《みよ》と暮らしているという。夫を亡くした者と妻を亡くした者が痛みを分かちあっているうちに、淡い恋情が芽生えたのかもしれない。

八木沼をみつめるおでんの横顔をみれば、ぞっこんなのはすぐにわかった。

「伊坂どの、ほれ、あそこに架かる橋の名がおわかりか」

ふと、八木沼が窓外を指差した。

「今は幸来橋《こうらいばし》と名を変えたが、むかしは子無橋《こないばし》と言われておった」

「ほう」

「川にまつわる悲話がござってな、巴波川は名のとおり、むかしから波が巴《ともえ》に渦巻く暴れ川であった。橋を架けても二年と保《も》たぬと謂《い》われてきたのだ。竜神の祟《たた》りじゃと人々は畏《おそ》れ、あるとき、人柱を立てて竜神の怒りを鎮めようと相談がまとまった。選ばれたのは、おゆきという十六の娘だ。双親《ふたおや》は疾《と》うに亡くなり、多吉《たきち》という六つになる弟の面倒をみながら下女奉公をしておった。折悪《あ》しく多吉が病《やまい》に倒れてな、医者に診《み》せる金もなく、おゆきは大人たちに金を貸してほしいと頼んだ。そこで、取引を持ちかけられたのだ。竜神の人柱になれば、かならず弟の命は助けてやると」

そのことばを信じ、おゆきは巴波川の激流に身を投げた。おかげで氾濫《はんらん》はおさまったにもかかわらず、人々はおゆきとの約束を守らなかった。

「弟の多吉は死に、おゆきの怨《うら》みが町に異変をもたらした。赤子がひとりも生まれなくなったのさ」

赤子の泣き声が宿場からも村からも消えたので、巴波川に架かる橋は「子無橋」と呼ばれた。

「それから十年経ってようやく怨みは消え、やがて、町の随所から赤子の泣き声が聞こえはじめた。過ちを悟った人々は、それ以来、盂蘭盆会《うらぼんえ》になると煩悩の数だけ川に灯籠を流すようになったのだ」

　灯籠を流す橋の名は「幸来橋」に変わった。

「悲しいはなしだな」

「竜神の力を侮《あなど》ってはならぬ。わしはな、藩より川普請《かわぶしん》の組頭を仰せつかっておる。それゆえ、この宿場に古くから伝わる言いつたえを披露させてもらった」

「なるほど」

「今のところは案ずるにおよばぬ。わしの差配で川上に頑強な堰《せき》を築いておるゆえな、この程度の雨では増水すまい。ましてや、鉄砲水などありえぬ。どこかの莫迦が川底に潜って、蛇籠《じゃかご》の竹紐を刃物で断たぬかぎりはな」

　八木沼は屈託なく笑うものの、八郎兵衛は不安をおぼえずにいられない。

　鉄砲水が出れば川岸の建物はひとたまりもないので、おでんも八木沼のはなしを真剣に聞いていた。

二

翌朝まで雨は降りつづいたが、明け方から一刻《とき》ほど経って晴れ間が覗《のぞ》いたので、八郎兵衛は散策に出掛けた。

川沿いをぶらぶら歩き、上流をめざして進む。

巴波川の水位は昨日よりも一段とあがっていたが、八木沼に教えてもらった「危うい水位」には達していなかった。

「それにしても、よく呑んだな」

昨日はふたりで何升呑んだのかもおぼえていない。

八木沼のぶらさげてきた野鯉が宿酔《ふつかよ》いの頭に過《よ》ぎり、上流の堰まで行けば釣果《ちようか》が得られるかもしれぬなどと淡い期待を抱いていた。暇な阿呆の考えそうなことだ。

頑強な堰は川幅いっぱいに河原石の詰まった蛇籠をいくつも並べてあるという。

川底から蛇籠を何段も積みあげ、一定の高さを超えたぶんだけが下流に流れこむ。

急激に水量が増えないように工夫されているのだ。

蛇籠はかなり大きなもので、丈夫な竹紐を亀甲に編んでつくる。

それでも、籠に詰める河原石と竹紐のあいだに隙間《すきま》ができるので、活きのよい川魚がときおり挟まってくるらしい。

屈んで煙管を燻《くゆ》らす船頭に声を掛け、堰まであとどれくらいか訊いてみる。

「そりゃあんた、ここから一里もさきだわな」

歩いていけないほどではない。

半町ほど進むと、甘い香りが漂ってきた。

橋のそばに忍冬《すいかずら》が白い花を咲かせている。

橋詰めに敷かれた筵《むしろ》には、牛蒡《ごぼう》や瓜《うり》が並んでいた。

近在からやってきた母娘《おやこ》が野菜を売っているのだ。

客はおらず、かむろ頭の娘はお手玉に飽きると、忍冬の花を手折《たお》って蜜《みつ》を吸いはじめた。

八郎兵衛は買う気もないのに歩みより、小さな瓜をひとつ手に取る。

「これを」

「おありがとう存じます」

小銭を渡すと母親は丁寧《ていねい》にお辞儀をし、娘も母親のまねをした。

さらに半町ほど歩いたあたりで、ぽつぽつと小雨が降ってきた。

空はあれよあれよというまに黒雲に覆われ、遠くのほうから轟々《ごうごう》と地鳴りのような音が近づいてくる。

「ん」

足を止め、上流を透かしみた。

刺し子半纏《ばんてん》を着た連中がこちらに駈けてくる。

「逃げろ、早く逃げろ」

川沿いの家々に叫びかけていた。

「堰が切れたぞ」

「なに」

八郎兵衛は瓜を落とし、呆《ほう》けたように佇《たたず》んだ。

——わん、わん、わん。

柱に繋がれた犬が必死に吠えている。

つぎの瞬間、信じられない光景が目に飛びこんできた。

遥か遠くに盛りあがった白いうねりが、膨らむように迫ってくる。

——ごごごご。

轟音に腹を揺さぶられた。

「鉄砲水だ。逃げろ」

軒先から大勢の人影が飛びだし、蜘蛛《くも》の子を散らすように逃げだす。

野菜売りの母娘のことが脳裏を過ぎった。

八郎兵衛は踵《きびす》を返し、必死の形相で駈ける。

橋詰めまで戻ると、母娘は筵をたたんでいた。

「莫迦たれ、そんなもの放っておけ。早く逃げろ」

怒鳴りつけると、振りむいた母娘の顔が恐怖にゆがんだ。

八郎兵衛の背後には、巨大な壁となった鉄砲水が迫っている。

水飛沫《みずしぶき》は奔騰し、狂ったように家々の軒を舐め、舐められた家は根こそぎ崩れおちていく。

悪夢としかおもえない。

八郎兵衛はかむろ頭の娘を抱きよせ、土手下に転がった。

纜《ともづな》を引きよせ、桟橋に揺れる小舟の縁《へり》にしがみつく。

刹那《せつな》、どっと背後から水に襲われた。

瓦礫《がれき》を巻きこんだ濁流が、頭上に覆いかぶさってくる。

「ひゃああ」

母親は一瞬にして呑みこまれ、渦のなかに消えた。

「わしにしがみつけ」

娘の顔は引きつっている。

悲しみなど感じている余裕もない。

小舟は水に煽《あお》られて中空に跳ねた。

その拍子に縁から手が離れたが、娘のことは放さない。

幸運にも纜《ともづな》がからだに巻きつき、濁流に呑まれずにすんだ。

小舟とともに浮きつ沈みつしながら、下流に押し流されていく。

「ぐぶ、ぐぐ……」

悪夢のなかで、もがきつづけた。

必死に片手を伸ばし、小舟の艫《とも》を摑む。

川はすぐさきで、大きく蛇行していた。

奔騰する川の流れが曲がるや、水飛沫とともに弾《はじ》きだされ、八郎兵衛と娘は小舟もろとも川岸に落ちていく。

小舟は粉微塵《こなみじん》になった。

が、八郎兵衛は生きている。

生への執念が奇蹟《きせき》を呼んだ。

「人だ。ほれ、助けだせ」

刺し子半纏の連中が駈けより、両腕を引っぱってくれた。

立つこともままならず、水の届かぬところまで引きずられていく。

「おい、生きておるのか」

誰かが平手で頬を叩いた。

覚醒《かくせい》し、上半身を起こす。

隣に娘も運ばれていた。

半纏にくるまれている。

ぐったりしているが、死んではいない。

からだを引きおこし、背中を叩いてやる。

ごぼっと、娘は水を吐いた。

夢から覚めたように目を瞠《みは》る。

「……お、おっかさんは」

聞こえぬほどの声で訊かれても、八郎兵衛は抱きしめてやることしかできなかった。

三

四日後。

巴波川の堰決壊の責めを負い、八木沼勝之進が腹を切った。

「何だと」

避難先の置屋《おきや》でその噂を聞き、八郎兵衛は耳を疑った。

かたわらの褥《しとね》では、五つの娘がすやすや眠っている。

自分の名を「おたみ」と、指で綴ってくれた。

あまりの恐怖に、ことばを失ってしまったのだ。

ほかにも家を失った人たちが身を寄せあっている。

おでんが置屋の女将《おかみ》と懇意にしていたので、川から離れたこの場所に落ちつくことができた。

女将も八木沼のことを知っていた。

「可哀想《かわいそう》に。誠実で真面目《まじめ》なおひとだっただけに、お腹を召さないことには気がすまなかったのかもしれないねえ」

鉄砲水のせいで、何人もの人が犠牲になった。

多くの家が流され、巴波川一帯には瓦礫《がれき》の山ができた。

黒板塀の仕舞屋も流されてしまったが、おでんは買い物に出掛けていて無事だった。

はたして、八木沼の噂を聞いているのかどうか。

「おでん……」

夕刻になっても帰ってこないので、八郎兵衛は心配になり、おたみを女将に預けて置屋を出た。

藩士らしき侍をみつけ、八木沼邸を尋ねる。

邸は川から離れた小高い丘の中腹にあった。

あたりはとっぷり暮れ、邸の周囲はひっそり閑としている。

「あれだな」

正面に佇む冠木門《かぶきもん》の左右に、白張提灯《しらはりぢょうちん》がぶらさがっていた。

おおっぴらに通夜などできぬためか、訪ねてくる者もいない。

門を潜ると、嗚咽が聞こえてきた。

十四になる娘のものだろうか。

「名はたしか、美代といったか」

七つで母を亡くしてから、ずっと父を支えてきた娘だ。

ひとりで勝手に逝った父を恨み、失態があれば切腹を強《し》いる侍というものを憎んでいるにちがいない。

表口の扉は開いていた。

廊下にあがって右手にみえる部屋に線香台が設《しつら》えられ、白い布に包まれたほとけが褥に寝かされている。

香の焚《た》かれた枕元には、数珠《じゅず》を握ったおでんと美代が並んで座っていた。

八郎兵衛のすがたをみとめ、おでんが泣き腫らした目を向けてくる。

「おまえさん、来てくれたんだね」

「ああ」

おでんは訃報を聞き、いの一番で邸に駈けつけていた。

「美代ちゃんをひとりにしちゃおけないよ」

そのとおりだ。天涯孤独になった娘は両拳《りょうこぶし》を握り、必死に耐えている。

八郎兵衛は草履《ぞうり》を脱いで部屋にはいり、褥《しとね》のかたわらに座った。

線香を手向《たむ》け、短く経を唱える。

ためらっていると、おでんが膝を躙《にじ》りよせ、ほとけの顔にかぶさった白い布を外してくれた。

「お顔をみてやっておくれ。誰かと心おきなくお酒を酌みかわしたのは、あのときが最後さ。八木沼さまは心から楽しそうだったよ。あんな日がつづいてくれることを、あたしは願っていたんだ」

八木沼の死に顔は安らかで、微笑《ほほえ》んでいるかのようだった。

「誰かがお腹を召さなきゃならなかったとしても、どうして八木沼さまじゃなきゃいけなかったんだろうね。あたしゃほんとうに口惜《くちお》しくて仕方ない。それにね、妙な噂もあるんだよ」

「妙な噂」

おでんは一拍間を空け、乾いた唇を舌で舐める。

「堰を切ったやつがいるって噂さ」

「まことか、それは」

驚いた。

真夜中の川に潜る怪しげな連中をみた者がいるらしい。

「考えてもご覧よ。八木沼さまがあれだけ太鼓判を押した蛇籠の堰が、そう簡単に壊れるはずがないじゃないか」

川底に潜って堰を調べてみれば、人の仕業《しわざ》かどうかわかるかもしれない。

何者かが意図してやったのだとすれば、狙いはいったい何であったのか。

「噂がほんとうなら、あたしは堰を切った連中をけっして許さない。八木沼さまの汚名を晴らしてやるんだ」

後ろに控える娘が、また嗚咽を漏らす。

そこへ、塗りの陣笠をかぶった役人が騒々しくあらわれた。

「おぬしら、そこで何をやっておる」

のっけから高飛車に発する男は縦も横も大きく、鬼瓦《おにがわら》のような顔をしている。

草履も脱がずに廊下へあがり、訊きもせぬのに大声で名乗った。

「拙者は田伏左近《たぶせさこん》、足利藩の普請奉行であらせられる南郷頼母《なんごうたのも》さまの配下じゃ。八木沼勝之進は普請方の同僚であった。こたびの切腹は、藩によって下されたご沙汰《さた》じゃ。名誉の死を賜《たまわ》っただけでも、ありがたいとおもわねばならぬ。邸はこれより閉門に処すゆえ、通夜などもってのほかじゃ。とっとと、白張提灯を撤去せよ」

「何だって」

おでんが怒りに任せ、片膝立ちで啖呵《たんか》を切る。

「名誉の死だの何だのと、四《し》の五《ご》の抜かすんじゃないよ。同僚に腹を切らせといて、よくもいけしゃあしゃあとしていられるもんだ。普請奉行やあんたが安泰でいられるのは誰のおかげだとおもっていやがる。今宵《こよい》はね、八木沼さまのお弔いなんだよ。あたしらは夜明けまで故人を偲《しの》び、しんみりとしたいのさ。あんたみたいなへっぽこ役人に邪魔《じゃま》されてたまるもんか」

「小癪なやつめ」

田伏は怒り、顔を茹《ゆ》で海老《えび》のように赤く染めた。

「女といえども容赦はせぬぞ」

「斬るのかい。やってみな。ほら、首をすっぱりやっとくれ」

おでんが首を差しむけると、田伏は刀の柄《つか》に手を添えた。

八郎兵衛が身を寄せ、毛むくじゃらの右手首を鷲摑《わしづか》みにする。

「むう、放せ下郎」

田伏がいくらもがいても、八郎兵衛の手は万力《まんりき》となって締めつけた。

「……い、痛っ。放せ」

「いいや、放さぬ。抜かぬと誓え。刀を抜いたら、おぬしの首は飛ぶぞ」

殺気を込めて睨むと、田伏は口をもごつかせた。

「……は、放してくれ」

「抜かぬと約束するか」

「約束する。武士に二言はない」

唐突に放してやると、田伏は尻餅《しりもち》をついた。

そのまま、尻で廊下を滑って逃げる。

そして、三和土《たたき》から問うてきた。

「おぬし、何者だ」

「伊坂八郎兵衛。後家貸しの用心棒さ」

「おぼえておくぞ。あとで吠え面を掻かせてやるからな」

「吠え面を掻くのは、そっちのほうだ」

八郎兵衛は応じつつ、刀を抜きはなつほどの勢いで迫る。

田伏は怯《ひる》み、背中をみせて外へ飛びだした。

門の外には小者たちが待っている。

「いったん退《ひ》くぞ」

田伏は怒声を発し、小者を引きつれて暗がりに消えた。

「おまえさん、ありがとう」

おでんと美代が畳に両手をついた。

八木沼は褥のうえで静かに微笑んでいる。

「事の真相を知っているなら、頼む、教えてくれ」

八郎兵衛は低声《こごえ》でつぶやき、目に涙を滲《にじ》ませた。

四

鉄砲水の悪夢は去った。

八郎兵衛は上流の川岸に立ち、崩壊した堰のあたりを眺めている。

空は嘘のように晴れわたっていた。

堰の修復に駆りだされた黒鍬者《くろくわもの》たちが、川岸や浅瀬で立ちはたらいている。

水面《みなも》を眺めていると、鉄砲水などありえぬと言いきった八木沼勝之進の台詞が耳に蘇《よみがえ》ってきた。

――どこかの莫迦が川底に潜って、蛇籠の竹紐を刃物で断たぬかぎりはな。

おでんの聞いた噂が真実なら、堰跡で何か証拠をみつけられるかもしれない。

汀《みぎわ》には瓦礫が山と積まれており、壊れた蛇籠の残骸《ざんがい》らしきものもあった。

八郎兵衛は蛇籠に歩みより、亀甲のかたちに編まれた竹紐を調べてみる。

竹紐の一部はちぎれていた。

ちぎれたところから河原石が飛びだし、蛇籠が潰れたのだ。

底の蛇籠が潰れれば、上に積まれた蛇籠も重みで崩れおちる。

川底で起こった出来事を想像しながら、八郎兵衛は竹紐の切り口を調べてみた。

鋭利な刃物で切ったように鋭い。ただ、あまりにも損壊が激しく、人の手で切られたものかどうかの判断はつかなかった。

蛇籠をいくつかひっくり返していると、後ろから誰かに怒鳴られた。

「おい、そこで何してやがる」

強面《こわもて》の男だ。黒鍬者の頭《かしら》らしい。

大股で近づいてくるなり、どんぐり眸子を怒らせる。

「おぬしは何者じゃ」

「ただの浪人さ」

「ここで何をしておる」

「蛇籠をみておった。これだけ丈夫な竹紐がよくも切れたとおもってな」

「切れるはずはねえ」

「えっ、どういうことだ」

驚いたふりをして問いかえすと、頭は声をひそめた。

「蛇籠は二年前に積みかえたばかりだ。あれしきの水で壊れるはずはねえ。でもな、そいつはおれの考えだ。竜神さまのお力を侮っちゃいけねえ」

「竜神さまか」

「ああ、そうだ。竜神さまは忘れたころに暴れだす。おもいもよらぬお力で人に災いをもたらす。おれたちといっしょに堰を築いたお役人が責めを負って腹を切った。言ってみりゃ人柱になったようなもんだ」

「その役人のこと、おぬしは知っておったのか」

「黒鍬者で知らねえ者はいねえよ。八木沼勝之進さまほど、治水に通じているお役人はいねえさ。ふん、惜しいおひとを亡くしちまったぜ」

頭の潤んだ目をみれば、八木沼の信望の厚さが容易にわかる。

「おめえさん、金が欲しいのか。今なら雇ってもいいぞ」

「そいつはありがたい。で、何をすればいい」

「力仕事さ。まずは瓦礫の片づけだ。それから、堰をつくりなおし、潰れた家や蔵の建てかえもやる。鉄砲水のあとは黒鍬者が元気になる。大工も左官も元気になる。材木問屋は笑いが止まらねえ。なかでも、足利藩御用達の『常盤屋《ときわや》』はほくほく顔さ」

「常盤屋か」

なるほど、災いをきっかけに肥《ふと》る連中もいるのだ。

「よし、いっちょやったるか」

八郎兵衛は諸肌《もろはだ》脱ぎになり、黒鍬者に混じって瓦礫の片づけをはじめた。

汗みずくで動いていると、午刻《ひるどき》になって宿場の女たちが握り飯と茶を携えてくる。

筵のうえで車座になり、青い空を眺めながら握り飯を頬張れば、金を貰って働くのが申し訳ないようにおもえてきた。

「困ったときはおたがいさま、みんなで助けあわないとね」

女たちからあたりまえのように発せられることばが、千鈞《せんきん》の重みをもって胸に響いてくる。

八郎兵衛は午後もせっせと汗を流し、片づけを黙々とこなしていった。

作業は遅々として進まず、川沿いの景観が元に戻るまであと何日掛かるかの見込みすら立たない。

夕暮れが近づくと、人影がひとつまたひとつと消えていった。

今日が終わり、明日になればまた同じような一日が繰りかえされる。

徒労に感じるかもしれぬが、一日一日を積みかさねていく以外に道はない。

八郎兵衛は手間賃も受けとらず、疲れきったからだを引きずって帰路についた。

巴波川は沈黙し、竜神は深い眠りに落ちているかのようだ。

一里ほど歩いたところで、あたりは薄暗くなってきた。

ただし、道々には竿竹《さおだけ》が点々と置かれ、竿の先端に軒提灯が灯っている。

鬼火のように揺れる灯りは足許を照らす道標《みちしるべ》であり、亡くなった人々を偲ぶ炎でもあった。

土手際に橋桁の残骸をみつけ、八郎兵衛は足を止めた。

「ここは」

野菜売りの母娘と出会ったあたりにまちがいない。

ここに橋詰めがあり、母娘は筵をひろげていたのだ。

命を拾ったおたみは、あいかわらず声を失ったままだ。

母親に再会できる日を信じ、置屋でも気丈にふるまっている。

おたみのすがたが大人たちを励まし、生きる力を与えていた。

「おや」

暗がりに佇み、川面をみつめている男がいる。

町人の若い男のようだ。

肉親や親しい相手でも亡くしたのか。
表情のない顔で、じっと川面をみつめている。
声を掛けそびれていると、川岸から離れていった。
何となく放っておけず、八郎兵衛はあとを尾《つ》ける。
露地裏をたどって辻を曲がり、大路へ出た。
宿場でもっとも賑やかなあたりだ。
大店《おおだな》や旅籠、食べ物屋などが軒を並べ、行き交う人影も途切れることはない。
若い男は交差する大路の角に建つ店を見上げ、脇の勝手口へ消えていった。
表口に戻って屋根看板を見上げれば『常盤屋』とある。
檜《ひのき》の香りに惹《ひ》かれて内を覗けば、所狭しと木材が積まれていた。
黒鍬者の頭が言った「笑いが止まらねえ」材木問屋なのだ。
若い男は奉公人らしかった。
表に出てぶらついていると、立派な駕籠が一挺近づいてくる。
「旦那さま、迎えの駕籠がまいりました」
小僧が叫ぶと、しばらくして肥えた主人が顔を出した。
後ろには用心棒らしき屈強な男をしたがえている。

「後藤《ごとう》先生、それではよろしく頼みますよ」
主人はそう言い、太鼓腹を抱えて乗りこんだ。
駕籠はふわりと浮き、ゆっくり動きだす。
八郎兵衛の小脇を擦りぬけていった。
駕籠脇にしたがう用心棒と目が合う。
凄まじい殺気だ。
刀を抜かずとも、力量のほどはわかる。
相手も察したのか、目を逸らそうとしない。
駕籠は止まらずに遠ざかる。
後藤と呼ばれた用心棒は鼻を鳴らし、ようやく背中を向けた。
「血《ち》腥《なまぐせ》え野郎だぜ」
いずれ刃《やいば》を合わせねばならぬ相手かもしれない。
そんな予感はあった。
八郎兵衛は肩をすくめ、大路の端から露地裏へ逃れていった。

五

置屋の女将が「おひとつおさらい、おふたつおさらい……」と唄《うた》う隣で、おたみがお手玉をしている。

八郎兵衛が『常盤屋』の評判を尋ねると、おでんは声をひそめた。

「大きな声じゃ言えないけど、常盤屋六左衛門《ろくざえもん》はそうとうな悪党だよ」

天領で伐採された檜《ひのき》の横流しで巨利を得、足利藩の重臣に賄賂《まいない》をせっせと贈って御用達の免状を奪った。一代で巨万の富を築いた成りあがり者のくせに、花街《かがい》での金離れが渋いので芳《かんば》しい噂は聞かないという。

「他人のことを愚痴《ぐち》らない八木沼さまが、常盤屋のことだけは腐していたっけ。古い材木を新木と偽って売るようなやつだって。普請奉行の南郷さまはそんなやつに接待漬けにされたあげく、骨抜きにされちまったとかなんとか、深酒をしたついでに仰っていたよ」

「ほう、そんなことを」

「南郷さまは御屋敷の建て替えなんかも、内々に只でやらせていたらしくてね。常盤屋は恩を売って藩の普請を任されるってからくりさ」

やり口があまりにひどいものだから、いっそ殿様に直訴《じきそ》でもしてやろうかと、八木沼は真顔で漏らすこともあった。

ひょっとしたら、そのあたりに腹を切らされた理由があるのかもしれない。

「ともあれ、常盤屋を調べてみる必要があるな」

「それなら、荷船問屋の『三好屋《みよしや》』を訪ねてみるといいよ。主人の繁蔵《しげぞう》は常盤屋の腰《こし》巾着《ぎんちゃく》でね。繁蔵のところに潜りこめれば、常盤屋に疑われずに近づくことができるかも。繁蔵は気に入らない相手に荒っぽいことをするので有名でね、大勢から恨みを買っているから腕の立つ用心棒が欲しいはずさ」

なるほど、おでんの言うとおりにしたほうが賢明かもしれない。

「手下に筏師を束ねる若い衆頭がいる。名は勘助《かんすけ》。そいつに五両の貸しがあってね。あたしの名を出せば、繁蔵に繋いでくれるはずさ。あとはおまえさんの才覚次第だから、あたしは知らないよ」

突きはなされて置屋を飛びだし、八郎兵衛はおでんに教わった『三好屋』に足を向けた。

もちろん、巴波川を商いの道にしている荷船問屋だけに、鉄砲水でこうむった被害はたいへんなものだろう。そうおもって訪ねたところ、すでに川沿いには仮小屋が建てられ、仮設された桟橋には何艘《そう》かの荷船が横付けになっていた。

復旧への準備は着々と進んでいるらしい。

八郎兵衛は戸惑う素振りもみせず、正面から堂々と店の敷居をまたいだ。

「たのもう。誰かおらぬか」

「何かご用かい」

強面の若造が応対にあらわれた。

「頭の勘助ってのはいるか」

「いたらどうする。野良犬め、口の利き方に気をつけな」

「早く繋げ」

八郎兵衛は一歩前へ進み、若造の耳を掴んで捻《ひね》りあげる。

「うえっ……や、やめてくれ」

悲鳴を聞きつけ、ひょろ長い男が顔を出した。

「おれを呼んだかい」

「おぬしが勘助か」

「それがどうした」

油断のない三白眼で睨《ね》めつけられ、八郎兵衛は辟易《へきえき》する。

「おぬし、おでんに五両借りておるな」

「ふん、おでんに雇われた債鬼ってわけか。おめえさん、ちょいと来るところをまちげえたな」

「いいや、まちがってはおらん。聞けば、おぬしは期限の半年が過ぎても借りた金を返さぬらしいではないか」

「へへ、返すのが先に延びりゃよ、それだけ利子が嵩《かさ》んで金貸しは儲《もう》かる。そいつが道理ってもんだろう。おれはおでんに儲けさせてやろうとおもって、仏心で返さねえだけなんだぜ」

「減らず口を叩くな」

「何だとこの」

勘助は上《あ》がり框《かまち》で仁王立ちになり、粋がって片袖をたくしあげる。

「見かけ倒しのでかぶつめ、金が欲しけりゃ腕ずくで取ってみな」

「よう言うた」

八郎兵衛はすっと身を沈め、愛刀の柄に手を添えた。

――しゅっ。

刃風が唸る。

――ちん。

つぎの瞬間、刀は無骨な黒鞘に納まった。

抜刀したはずなのに、刃をみた者はいない。

白い閃光《せんこう》が斜めに奔《はし》ったのを目にしただけだ。

「……な、何だよ」

勘助が半信半疑で問うた。

刹那、腰帯がぱらりと落ちる。

「ひぇっ」

着物の前をはだけたまま、勘助は四肢を震わせた。

八郎兵衛は身を寄せ、怯えきった相手の耳許に囁《ささや》く。

「三好屋に伝えろ。月五両で用心棒になってやるとな」

ついでに、勘助の頰に往復びんたをくれてやる。

鼻血が飛んでも、止めようとする手下はひとりもいない。

八郎兵衛は置屋の所在を告げ、颯爽《さっそう》と袂《たもと》をひるがえした。

六

その日のうちに使いが来て、八郎兵衛は『三好屋』の用心棒に雇われた。

主人の繁蔵は猪首《いくび》の小男で、いつもびくびくしており、どこへ行くにもふたりの用心棒をしたがえていた。

金壺眸子《かなつぼまなこ》のほうは黒部《くろべ》、狸顔《たぬきがお》のほうは潮田《うしおだ》と名乗った。

横柄《おうへい》な態度で接してきたものの、腕はたいしたことがなさそうだ。

しかも、あまり高くない雇い料に不満を抱いているようで、何か良からぬことを企《たくら》んでいるふうでもある。

案の定、八郎兵衛は蕎麦屋《そばや》に誘われ、ふたりの企みを聞かされるはめになった。

「繁蔵はしけたやつだ。そろそろ、潮時かもしれぬ。のう、黒部氏《うじ》」

「さよう、潮田氏の言うとおりだ。端金《はしたがね》で雇われておるのも飽きた。このあたりでまとまった金を摑み、宿場におさらばしたい気分さ」

ふたりは冷や酒を注文し、二八蕎麦を肴《さかな》に呑みはじめる。

「ぷふう、美味《うま》い。おぬしも呑め。いける口であろうが」

八郎兵衛は腹が減っていたので、笊《ざる》に盛られた二八蕎麦を付け汁に浸けて啜った。

そして、注がれた酒をひと息に呑み、七面倒臭いながらも応じてやる。

「わしのせいで取り分が減ったとすれば、おふたりさんには申し訳ないことをした」

狸顔の潮田が笑う。

「気にいたすな。おぬし、凄まじい居合を使うそうじゃの。その技をひとつ使ってみる気はないか」

「使うとは、どんなふうに」

「繁蔵を斬るのさ」

「なに」

重い沈黙を破るかのように、ふたりはずるっと蕎麦を啜る。

八郎兵衛は苦笑いしてみせた。

「潮田氏、悪い冗談はやめてくれ」

「わしらは真剣さ。おぬしだって、まとまった金が欲しくはないか」

「欲しいな」

「だったら、はなしを聞け」

潮田は前垂れの親爺に声を掛け、冷や酒のお代わりを注文する。

「まあ、呑んでくれ。わしのおごりだ」

新たな酒を注がれ、八郎兵衛はくっと盃を呷《あお》った。

企みに乗ったふりをしてもいいと、胸の裡ではおもっている。

潮田は相棒にも酒を注ぎ、はなしを引きとらせた。

こんどは黒部が金壺眸子を光らせ、低声で喋りはじめる。

「今宵、繁蔵は材木問屋の常盤屋六左衛門と会う。金を借りるのさ。しかも、十両や二十両の金ではない。三百両だ」

「なぜ、三百両だとわかる」

「提灯持ちの勘助が手下に喋っているのを聞いた。繁蔵は鉄砲水のせいで簞笥金《たんすがね》を失った。おれたち用心棒の給金もふくめ、当面の暮らしに使う金を工面《くめん》しなくてはならぬ。利息無しで借りることができる手は荷船商いの前払いだ。気前よく出してくれそうな相手は常盤屋しかおらぬ」

「なるほど、その三百両を奪おうという算段か」

「それだけではないぞ。常盤屋をその場で拐《かどわ》かし、金蔵まで連れていって鍵を開けさせる。そして、お宝を手当たり次第に奪いとる。ふふ、どうだ、でかいはなしであろう」

八郎兵衛は顎を撫《な》でまわし、考えこむふりをしてみせた。

ふたりは脈があると察したのか、にやにやしながら酒を酌みかわす。

潮田が口をひらいた。

「あんたを誘ったのは、厄介な相手がひとりおるからだ」

ぴんときた。目つきの鋭い男のことだ。

「後藤惣十郎《ごとうそうじゅうろう》という常盤屋の用心棒でな、おぬしと同じ居合を使う」

「流派は」

「香取神道流《かとりしんとうりゅう》」

「抜きつけの剣か」

片膝立ちで沈みこみ、前方へ高々と一間余りも跳ぶ。

跳びながら抜刀し、相手の首を飛ばすのだ。

「後藤をわしに斬れと」

「無論、わしらも加勢する。三人で掛かれば倒せぬ相手ではない」

潮田のことばを受けとり、黒部がつけくわえる。

「常盤屋には黒い噂がある。潜りに長《た》けた連中を雇い、巴波川の堰をわざと切らせたとか」

「噂にすぎぬわ」

「いいや、そうでもない。水難でほとけになった連中のなかに、刀傷のある者が五人ほどまじっておった。川底に潜らされた連中ではなかろうかと、わしらは推察しておる。つまりは口封じさ。殺《や》ったのは後藤惣十郎かもしれぬ」

「おもしろいはなしだな」

「そうであろうが」

　黒部が身を乗りだしてくる。

「真実か否かなど、わしらにとってはどうでもよい。ともかくな、常盤屋は生きておってても仕方のない下司野郎《げす》だ。お宝を奪ったら、その場で死んでもらう。常盤屋の命を奪っても感謝されこそすれ、恨まれはすまい」

「おもしろい」

「ふふ、お宝を手にできる機会はそうないぞ。生涯に一度の好機だ。おぬしが乗らぬなら、わしらふたりでやる。どうだ、乗らぬか」

　八郎兵衛は塩を舐め、盃を空にした。

「わかった、乗ろう」

　酒が切れたので、付け汁と混ぜたぬるい蕎麦湯をがぶがぶ呑む。

はなしに乗ったふりをしただけなのに、喉が渇いて仕方なかった。

七

用心棒たちの思惑も知らず、三好屋繁蔵は材木問屋主催の宴席に足を運んだ。

ところが、宴席にはおもいがけない大物が主役として招かれていた。

足利藩の普請奉行、南郷頼母である。

金壺眸子の黒部と狸顔の潮田は出鼻を挫《くじ》かれた恰好になったが、企てをあきらめた様子はない。

宴席には華々しい彩りが添えられた。

芸妓たちの唄もあれば踊りもあり、幇間芸《ほうかんげい》までついている。

用心棒たちも末席に陣取り、芸者衆に酌をしてもらった。

正面に座る後藤惣十郎は酒に呑まれぬよう、慎重に盃を重ねていく。

酒鬼の八郎兵衛は注がれたらすぐに盃を空にしたが、こちらも油断なく周囲に目を配った。

繁蔵はみずから幇間芸などを披露し、座を盛りあげようとする。

主役の南郷は左右に綺麗《きれい》どころを侍《はべ》らせ、鼻の下を伸ばしていた。

常盤屋六左衛門は隙をみては南郷に近づき、何やら秘密めいたはなしを持ちかける。

末席まで内容は聞こえてこないものの、悪巧みの相談であることにまちがいはない。

ふたりが策謀して惨事を引きおこしたのならば、どうあっても許してはおかぬと八郎兵衛はおもった。

配下の八木沼ひとりに責めを負わせ、みずからは夜ごと芸者をあげて遊んでいる。

復旧の担い手となる普請奉行の立場を考慮すれば、それだけでも斬りすてる理由になろう。

夜更けになり、酒宴はおひらきとなった。

黒部と潮田は目配せをしたが、八郎兵衛は酔ったふりをして取りあわない。

繁蔵は常盤屋から受けとった三百両をたいせつそうに抱え、みなを先導して玄関口へ向かう。

玄関には駕籠が一挺だけ控えており、提灯を手にした勘助が待っていた。

常盤屋のほうにも提灯持ちの若い手代が待機している。

その男が川沿いの道で見掛けた若者だとわかり、八郎兵衛ははっとした。

「伸《しん》二郎《じろう》、御奉行さまは明朝のお帰りだ。駕籠の手配をしておけ」

「へえ」
伸二郎と呼ばれた手代は常盤屋の指図《さしず》にうなずき、駕籠脇に主人を導いていく。
おおかた、南郷は今から気に入った芸者と褥をともにするのだろう。
主人を乗せた駕籠が持ちあがり、ゆっくりと動きだす。
機転の利く伸二郎が先導役となり、駕籠脇には用心棒の後藤が随伴した。
駕籠の後ろを勘助が歩き、繁蔵を囲むように用心棒三人が付きしたがう。
狙うには絶好の位置取りだ。
空には月が皓々《こうこう》と輝いている。
――うおおん。
山狗の遠吠えが聞こえてきた。
黒部と潮田の高鳴る鼓動が伝わってくるかのようだ。
きっかけを与えるかのように、八郎兵衛は大股で前方へ踏みだす。
「今だ」
潮田が叫び、刀を抜いた。
「ぬえっ」
繁蔵が背中を突かれた。

潮田の白刃が胴を貫き、腹から飛びだす。

「ひゃっ」

悲鳴をあげた勘助が、黒部に首を飛ばされた。

駕籠かきは気づかずにさきへ進み、凶事を察した後藤だけが振りむく。

八郎兵衛と正面切って対峙《たいじ》した。

殺気と殺気がぶつかりかけた瞬間、八郎兵衛はくるっと踵を返す。

「つおっ」

前のめりに迫った黒部を、抜き打ちの一刀で袈裟懸けに斬った。

「なっ」

驚いた潮田は棒立ちになったが、八郎兵衛は迷うことなく大上段から斬りさげた。

「ぬげっ」

頭蓋がぱっくりひらき、鮮血が噴きだす。

秘剣豪撃《こわうち》をもって葬ったことが、せめてもの餞別《せんべつ》だ。

こいつらも悪党なのだ。悪党を葬るのに、いささかの迷いもあってはならぬ。

胸の裡に繰りかえし、ふたりを裏切ったことの疼《うず》きを消しさろうとする。

「おぬし、仲間ではないのか」

と、背中に声を掛けられた。

振りむけば、後藤が口端に皮肉めいた笑みを浮かべている。

駕籠は下ろされ、常盤屋六左衛門がすがたをみせた。

仲二郎の提灯を持つ手が震えている。

常盤屋は薄暗がりに佇み、近寄ってこない。

「繁蔵め、死におったか。ふん、まあよい。代わりはいくらでもおる」

八郎兵衛は、ぶんと樋《ひ》に溜まった血を払った。

見事な手並みで納刀し、ふんと鼻を鳴らす。

「地べたに小判が散らばっておるぞ。おぬしが繁蔵に与えた金だ」

「血の付いた金などいらぬ。欲しけりゃ拾えばいい」

「拾いはせぬさ。物乞いではないのでな」

仲二郎が恐る恐る近づき、屈んで小判を集めはじめる。

常盤屋も一歩踏みだした。

「生まれつき血腥《ちなまぐさ》いのは嫌いでな。後藤さま、その用心棒は大丈夫かね」

「今のところはな」

「一刀でふたりを斬るとは、なかなかの腕前ではないか。どうであろう。後藤さまさえよろしければ、うちの用心棒に雇っては」

「そいつは、あんたの勝手だ。汚れ仕事をそやつにやらせれば、わしも明日から楽ができる」

「ふむ」

常盤屋は重々しくうなずき、こちらに水を向ける。

「どうであろうな」

「かまわぬが、わしは高いぞ」

八郎兵衛はつまらなそうに言い、顎の無精髭《ぶしょうひげ》をぞりっと撫《な》でた。

八

手代の伸二郎は、寝たきりの母親とふたりで貧乏長屋に暮らしていた。

母親の面倒は隣近所の世話焼き連中がみてくれていたが、それも常盤屋からいくばくかの援助があってのことだ。

親切心だけで人は動かない。

それが日常のこととなれば、見返りを期待するのは仕方のないことだ。

仲二郎の口癖は「常盤屋の旦那には足を向けて寝られない」というものであった。事情を知る者たちは当然のことだとおもったが、一方で仲二郎が深い悩みを抱えているのを知る者はいなかった。

「怪しいな」

八郎兵衛は仲二郎を見掛けるたびに、夕暮れの川縁《かわべり》に佇む淋《さび》しげな横顔をおもいだした。

鉄砲水に関することで何か隠し事をしているにちがいない。

それと察し、様子を窺っていると、何日か経って事情を聞きだす機会が訪れた。

仲二郎が用心棒の後藤惣十郎から店の裏手へ呼びだされ、身も凍るような声で脅されていたのだ。

「何をびくついておる。良心の呵責《かしゃく》に耐えかねておるのか」

「……い、いいえ」

「嘘を吐くな。おぬしの様子をみれば、すぐにわかるわ。ふん、あのことを喋ったら命はないと申しつけたはずだぞ」

「わかっております」

「いいや、わかっておらぬ。貰うのはな、おぬしの命だけではない。妙な動きを察したら、母親の命も貰いうける」

「……そ、それだけはご勘弁を」

「おぬしは何もみなかった。何ひとつ知らぬ。よいな、そのことを肝に銘じておけ」

「……は、はい」

八郎兵衛は物陰に隠れて気配を殺し、後藤をやり過ごした。

伸二郎も店に戻るのを待って、裏木戸を抜けて外へ逃れる。

すでに日は落ち、あたりは暗い。

空には十一夜の月が出ていた。

おでんによれば、例幣使の一行が明後日の朝には宿場へやってくるという。

煌びやかな行列のおかげで、少しは宿場も活気を取りもどすにちがいない。

ともあれ、鍵を握るのは伸二郎だ。

八郎兵衛は夜の用事がないことを確かめ、用心棒に脅された手代の帰りを待つことにした。

直に会って、脅してでも事情を聞きだそうとおもったのだ。

どうせならとおもい、あらかじめ調べておいた貧乏長屋へ足を向けた。

母子の住む奥の部屋からは、病んだ母親が激しく咳《せ》きこむ様子が窺えた。

放っておけなくなり、おもわず、敷居をまたいでしまう。

「母御《ははご》、いかがした。大丈夫か」

八郎兵衛はあがりこみ、夜着にくるまった母親の背中をさすってやる。

骨と皮だけの痩《や》せた背中だ。

「ぐえほっ」

母親は咳きこんだ拍子に血を吐いた。

「くそっ、労咳《ろうがい》か」

隣の嬶ぁが心配そうに顔を出す。

「おいとさん、どうしたね」

八郎兵衛は声を荒らげた。

「どうしたもこうしたもねえ。医者を呼べ」

「こんな貧乏長屋に医者なんぞ来てくれねえよ」

「だったら、連れていく」

八郎兵衛は「おいと」と呼ばれた母親を背負い、急いで外へ飛びだす。

「ほら、ぐずぐずするな。案内《あない》しろ」

嬶ぁに連れていかれたさきは、一町も離れていない町医者のところだ。

三和土に飛びこみ、嬶ぁが叫ぶ。

「先生、玄朴《げんぼく》先生。おいとさんが血を吐きました」

「お、そうか」

玄朴は馴《な》れているのか、焦りもせずにあらわれる。

八郎兵衛のほうをちらりとみやり、首をかしげた。

「見掛けぬおひとじゃな」

「仲二郎の知りあいだ。早く人参《にんじん》を呑ませてやれ」

「無理じゃ」

「何だと」

「ご存じかとおもうが、朝鮮人参は親指のさきっちょほどで十両もする。その婆さんには無理じゃ」

八郎兵衛は身を寄せ、玄朴の胸倉を摑んだ。

「医者め、貧乏人は死ねと申すのか」

「……く、苦しい。放してくれぬか」

手を放してやると、玄朴はふうっと溜息を吐いた。

「詮方《せんかた》あるまい。処方して進ぜよう」

奥の勝手に立ち、人参を素早く煎《せん》じて持ってくる。

八郎兵衛は褥にぐったりしているおいとを起こし、煎じた人参を白湯《さゆ》に溶いて少しずつ呑ませてやった。

「……あ、ありがとう存じます」

おいとは落ちつきを取りもどし、褥に両手をついて礼を繰りかえす。

八郎兵衛は板間に小判を三枚並べ、当面はこれで人参を呑ませてやれと玄朴に指図した。

そこへ、血相変えた伸二郎が飛びこんでくる。

「あっ、おっかさん」

「伸二郎」

「血を吐いたんだって」

「もう平気だよ。こちらの親切なお侍に助けてもらったから」

伸二郎はようやく、八郎兵衛に気づいた。

「……い、伊坂さまではありませんか」

「おう、そうだ。おぬしの部屋を訪ねてみたら、母御が血を吐いておられた。とりあえず医者のもとへ運び、人参を呑ませたというわけだ」

「人参を」

「呑まねば労咳は治るまい」

「……で、でも」

「薬代は気にするな。医者が只で処方してくれるそうだ」

かたわらの玄朴が顔をしかめる。

伸二郎は納得できない顔をした。

「ありがとうございます。でも、どうして訪ねてこられたのですか」

「訊きたいか。ならば、ちと外へ出よう」

八郎兵衛は母親に笑いかけ、たいした用事ではないと囁いた。

伸二郎ともども外に出て、露地裏をゆったり歩きはじめる。

「伊坂さま、どちらへ」

「人のいないところさ。胸に抱えておる秘密を教えてくれ」

「げっ」

伸二郎は立ちどまり、石のように固まった。

「楽にしたらよかろう。わしがおぬしを救ってやる」

「わたしを救う」

「ああ、欲深い材木商と強面の用心棒から救ってやる。おぬしは鉄砲水が出た裏のからくりを知っている。そいつを誰かに喋ったら命はないと、後藤に脅されているのであろう」

「……ど、どうしてそれを」

「後藤と店の裏ではなしているのを立ち聞きした。頭のなかで悪事の筋書きは描いておったが、確証がなくてな。おぬしが正直に喋ってくれれば、やつらに引導を渡すことができる」

「引導を渡すって……い、いったい、あなたは何者なのです」

「安心しろ。隠密でも何でもない。ただの野良犬さ。だがな、野良犬にも情けってもんがある。鉄砲水で親や子を亡くした者たちのことをおもえば、悪党どもにたいして怒りが沸々《ふつふつ》と湧いてくる。おぬしだって良心の呵責に耐えかねておるのであろうが。さあ、吐いてみろ。ぜんぶ吐いちまえば気も楽になる」

「……で、できません。伊坂さま、ご勘弁を」

仲二郎は地べたにひざまずき、土下座をする。

八郎兵衛は膝を折り、できるだけ優しくはなしかけた。

「仲二郎よ、聞いてくれ。災いの責を負い、腹を切った役人がいる。八木沼勝之進といってな、誠実で真正直な人間だった。八木沼さんとは呑み仲間でな、わしはどうしてもあのひとの仇《かたき》をとりたい。それだけなのだ。誰が悪党なのか、おおよその見当はついている。ただし、さっきも言ったとおり、確証がねえ。確証がねえかぎり、誰かを地獄へおくるわけにゃいかねえんだ。おめえの口から聞きてえのさ。誰と誰が何のために悪事を仕組んだのか」

暖かい吐息は、頑《かたく》なな心を氷解させていく。

「はなしてくれるな」

伸二郎は頭《こうべ》を垂れ、ぼそぼそ語りはじめた。

九

翌朝、八郎兵衛は黒鍬者に化け、橋普請の一団に紛《まぎ》れて普請場へやってきた。

「おら、ぐずぐずするな」

随所に殺気立った役人たちがおり、まるで、佐渡《さど》の金銀山にある寄場《よせば》のような雰囲気だ。

役人たちの頂点に立つのは、塗りの陣笠をかぶった偉そうな組頭だった。

「田伏左近《たぶせさこん》」

鬼瓦のごとき顔は一度拝んだら忘れようもない。

手代伸二郎の証言によって、もっとも憎むべき相手は田伏であることがわかった。

おのれの出世と実利の一挙両得を狙い、悪事のからくりに加担しながら同僚の八木沼を罠《わな》に嵌《は》めたのだ。

田伏は普請奉行の南郷に命じられて謀事《はかりごと》の尖兵《せんぺい》となり、黒鍬者のなかから泳ぎの得意な者五名を選んだ。その者たちに蛇籠の竹紐を切断させたうえで、意のままに堰を崩壊させる仕掛けをつくらせた。

伸二郎は何も知らずに、謀事の絵を描いた常盤屋六左衛門と田伏左近との連絡役《つなぎ》をやらされた。運んでいたのは小判だ。田伏は何度となく常盤屋に五十両単位で報酬を要求してきたらしかった。

川筋が鉄砲水に侵された翌日、伸二郎は裏のからくりに気づいた。

しかも、川に潜って仕掛けをつくった五人は、災いの翌日に死体であがった。いずれも一刀で胸を裂かれており、それが後藤惣十郎の仕業であることはすぐにわかった。

事情を知る自分が生かされているのは、今のところは使い勝手がよいからだろうと伸二郎は言った。少しでも怪しい素振りをみせれば、母親ともども後藤の餌食《えじき》になるにちがいない。ただ、命を賭してでも誰かに真相を伝えねば、亡くなった人たちに申し訳ないとおもい、胃がねじきれるほど悩んでいたという。

ちょうどそのとき、八郎兵衛があらわれたのだ。

竜神さまの使いかとおもったと、伸二郎は正直な気持ちを告白した。

「ふん、竜神の使いか」

そんなごたいそうなものではない。

望みはただひとつ、八木沼勝之進の恨みを晴らしたいだけだ。

八郎兵衛は泥まみれになって働き、田伏に近づく機会を窺った。

空はあっけらかんと晴れている。

一刻ほど経って、ようやくそのときが訪れた。

田伏が陣笠を脱ぎ、持ち場を離れたのだ。

土手から少し離れた露地へ向かう。

八郎兵衛はそっと後を尾けた。

小用らしい。

田伏は堆積する瓦礫の狭間に消えた。

周囲に人影がないのを確かめ、背中につづく。

八郎兵衛の腰に大小はない。
刀を使う気はなかった。
どうせ、錆《さび》になるだけのはなしだ。
瓦礫のなかから、壊れかけた玄蕃桶《げんばおけ》を拾いあげる。
田伏はこちらに背を向け、威勢良く小便を弾いていた。
八郎兵衛は音もなく迫り、後ろからひょいと玄蕃桶をかぶせる。
「ぐふっ」
田伏は頭に桶をかぶったまま暴れ、小便を撒《ま》きちらす。
背中を蹴《け》りつけると、どしゃっと汚水のなかに倒れた。
その拍子に桶が抜け、驚いた顔が振りかえる。
その顔を足の裏で踏みつけてやった。
「げっ……な、何をする」
腕を摑んで後ろに捻り、背中に膝頭を押しあてる。
からだごと伸《の》しかかるや、田伏は汚水に顔を突っこんだ。
「……ぶぐっ」
息もできない。

じたばたもがいたところで、八郎兵衛からは逃れようもなかった。

「吠え面を掻くのは、おぬしのほうだったな」

やがて、田伏は動かなくなった。

小便にまみれたまま、ことときれたのだ。

八郎兵衛は何食わぬ顔で普請場に戻り、いつのまにか消えていた。

十

夜になった。

伸二郎に聞いていたので、今夜も普請奉行との宴席があることを知っていた。

用心棒として末席に座り、芸者の酌で盃をかさねる。

後藤は油断のない目でこちらを睨み、いっこうに酔う気配をみせない。

だが、これから起こることの想像はつくまい。

深更、宴《うたげ》はおひらきとなった。

いつもどおり奉行の南郷は奥の離室に残り、常盤屋だけが表口に向かう。

八郎兵衛はいったん主人に従いて外に出たあと、かたわらに控えた後藤に囁いた。

「すまぬが先に行っててくれ」

小用を足したいのだと仕種《しぐさ》でしめすと、後藤は「ちっ」と舌打ちする。

八郎兵衛は踵を返し、長い廊下を足早に戻った。

中庭に面した厠《かわや》へは行かず、離室へ向かう。

跫音を忍ばせ、襖障子のまえに近づいた。

人の気配はある。

奉行ひとりだ。

褥の敵娼《あいかた》はまだ来ていない。

すっと障子を開け、後ろ手に閉める。

「おっ、何じゃ」

「これはどうも」

「おぬし、常盤屋の用心棒ではないか」

驚いた顔で問われ、八郎兵衛は鬢を掻いた。

「ちと、忘れ物をいたしまして」

「なに、忘れ物だと」

「はい、じつは悪党の首をひとつ」

言うが早いか、腰の刀を抜きはなつ。
「ぬふっ」
名刀堀川国広の切っ先は奉行の喉仏に吸いこまれ、首の後ろから突きだした。
「莫迦め」
すっと抜いた途端、血飛沫がほとばしる。
白い襖が真っ赤に染まり、屍骸《むくろ》は畳に額を叩きつけた。
八郎兵衛は一滴の返り血も浴びていない。
刀を障子に突きさし、すっと開ける。
廊下へ逃れ、人の気配を窺った。
衣擦れとともに、女が来る。
敵娼であろう。
廊下の曲がり端に張りつく。
芸者があらわれるや、当て身を食わせた。
「うっ」
これでしばらくは誰も気づくまい。
納刀しながら急いで表口へ戻ると、駕籠はすでに消えたあとだった。

八郎兵衛は裾《すそ》をひっからげ、髷を飛ばすほどの勢いで駈けだす。

まだ、それほど先へは行っていまい。

一町ほど駈けたあたりで、駕籠かきの鳴きが聞こえてきた。

「あんほう、あんほう」

提灯の炎もみえる。

先導するのは手代の伸二郎だ。

打ちあわせどおりにやってくれれば、後藤を葬ることもできよう。

後藤は強敵だ。

伸二郎の助力が勝敗を左右する。

八郎兵衛は息を荒らげて走り、駕籠に追いついた。

駕籠脇に随伴する後藤が振りむき、険《けわ》しい顔で睨む。

「遅かったではないか」

「すまぬ」

「ん、おぬし、何やら血腥いぞ」

ただならぬ空気を察し、駕籠も動きを止める。

伸二郎が提灯を翳《かざ》し、滑るように近づいてきた。

暗がりでよくみえないが、頭陀袋《ずだぶくろ》を背負っている。

後藤は手代の動きに目もくれず、八郎兵衛を詰問《きつもん》した。

「おぬし、誰かを斬ってきたのか」

「わかるか」

「まさか、奉行ではなかろうな」

「ふっ、おもしろい」

「どうなんだ。返答によっては命を貰わねばならぬ」

こちらの間合いにはまだ遠いが、後藤の使う「抜きつけの剣」ならば届くにちがいない。

八郎兵衛は静かに応じた。

「斬ったのは人ではない」

「ならば、山狗か」

「いいや、人の皮をかぶった悪党だ」

八郎兵衛は吐きすて、だっと地を蹴った。

後藤はぐっと身を沈め、右手を柄に添える。

「そいや……っ」

腹の底から気合いを発し、片膝立ちから跳ねた。

いや、ちがう。

跳ねようとしたところへ、伸二郎が横合いから小豆《あずき》を撒いた。

頭陀袋一杯ぶんの小豆が撒かれるや、後藤は跳べずにたたらを踏んだ。

「くおっ」

牙《きば》を抜かれた男の頭上に、大鷲《おおわし》のような影が覆いかぶさる。

八郎兵衛だ。

双手で国広を抜きはなち、大上段に掲げている。

「ぬわっ、くそ」

後藤は十字受けに転じ、刀を水平にして振りあげた。

「どせい……っ」

峻烈な一撃が振りおろされる。

――ばきっ。

後藤の受けた刀が、まっぷたつに折れた。

つぎの瞬間、脳天がぱっくり口を開ける。

「ぐおっ」

黒い血が噴きだした。

後藤は月を見上げ、海老反りに倒れていく。

「ひっ」

駕籠かきどもが逃げだした。

常盤屋六左衛門が駕籠から転げでる。

「うへっ」

肥えた腹を引きずって逃げ、そばに佇む伸二郎を盾にする。

八郎兵衛は血塗れた刀を提げて歩みより、鋭い眸子で睨みつけた。

「腐れ外道《げどう》め。成仏できぬ霊たちが『簡単に殺してくれるな』と泣いておる。目玉を刳《く》りぬき、鼻を削ぎ、手足を一本ずつ斬ってやろうか」

「……ま、待ってくれ。金か。金が欲しいならくれてやる。言うてくれ。千両でも二千両でも好きなだけ言うてくれ」

「金か」

八郎兵衛は大袈裟に血振りを済ませ、素早く納刀する。

「どうせなら、蔵ごと貰うか」

「へっ」

「戯《ざ》れ言《ごと》さ。常盤屋、安心しろ。わしは金などいらん。欲しいのはな、地獄の閻魔《えんま》に差しだす悪党の首よ」

「げっ、やめてくれ。伸二郎、助けてくれ」

しがみつかれた伸二郎は泣いている。

「旦那さま、すみません。手前の耳には、亡くなった方々の恨みの声が聞こえてくるのでござります」

伸二郎が祈りを捧げるように俯くと、常盤屋の間抜け顔があらわになった。

八郎兵衛はすっと踏みこみ、国広を無造作に抜きはなつ。

「うひっ」

白刃一閃、悪党の首が飛んだ。

眸子を瞠った生首が弧を描き、藪のなかに落ちていく。

行く手の河原のほうで、霊たちがざわめいたように感じられた。

「もはや、長居は無用だな」

眼差しのさきでは、伸二郎が泣きつづけている。

良心の呵責は死ぬまで消えることはなかろうが、明日からは何もかも忘れ、身を粉《こ》にして宿場の再建に尽くすしかあるまい。

「それがおぬしの生きる道だ」

と言いかけ、八郎兵衛は口を噤《つぐ》む。

悪徳商人の首無し胴は座ったまま、天空に血を噴いている。

はたして、天国に逝った八木沼は満足してくれただろうか。

竜神に問いかけてみたものの、正面には深い闇がたちこめているだけだった。

十一

翌朝も快晴となった。

宿場の大路を煌びやかな例幣使の一行が練り歩いている。

大人も子供も沿道に集い、つかのま、風雅な光景に酔い痴《し》れていた。

例幣使の日光参拝は幕府の権威を保つ重要な行事で、三代将軍家光の御代《みよ》から数えて二百回近くもつづいている。

公家は貧乏なくせに贅沢《ぜいたく》を好む。けっして評判の良い連中ではなく、一行のなかには権威を悪用する者もあった。駕籠を揺すって金品をせがむことから「ゆすり」ということばが生まれたともいう。

今でもこうした悪習は残っており、一行が泊まる玉村宿や太田宿では宿場をあげて歓待しなければならず、村娘が褥の世話をさせられることもあった。

それでも、行列の煌びやかさは人々の目を釘付《くぎづ》けにする。

栃木宿の人々にとって、それは種蒔《たねま》きや畑打《はたう》ちをおこなう合図でもあった。

例幣使の一行が福を呼んだのか、置屋では奇蹟のような出来事が起こった。

亡くなったとおもわれていたおたみの母親が、ひょっこり訪ねてきたのだ。

おたみは一瞬呆気にとられたが、すぐに自分を取りもどし、母親の胸に飛びこんでいった。

こうした奇蹟のような再会は、いたるところでみられた。

さらに救いといえば、謀事の一部始終が藩の知るところとなり、八木沼勝之進の名誉が挽回される見込みとなった。

娘の美代はおでんのもとで商いを学びながら、父の菩提《ぼだい》を弔うという。

もはや、何ひとつ未練はない。

八郎兵衛は誰にも別れを告げず、宿場をあとにした。

巴波川はゆったりと流れ、優しげな水音を聞かせてくれる。

棒鼻のそばに、女がひとり立っていた。

「おでんか」

八郎兵衛は相好《そうごう》をくずす。

おでんは気丈さを装い、懐手で近づいてきた。

わずかに間合いを空け、日和下駄《ひよりげた》を履いた足を止める。

「通せんぼだよ」

可愛《かわい》げに戯《ざ》れてみせ、おでんは口を尖らせた。

「何も言わずに行っちまうつもりかい」

八郎兵衛は鬢を掻く。

「すまぬ。世話になったな」

「水臭いね。おまえさんはたったひとりで宿場のどぶ浚《さら》いをしてくれた。そいつを知らない者はいないよ。で、どこへ行くの」

「とりあえずは日光詣《もう》でにでも行くか」

「例幣使の一行といっしょだね」

「なら、やめとこう」

「ふふ、羨《うらや》ましいよ。おまえさんみたいに、ひとつところにとどまらない生き方がしてみたい」

「それはそれで気苦労は多いぞ」

「なるほど、そうかもね」

爽《さわ》やかな初夏の風が吹きぬける。

八郎兵衛は路傍に咲いた酸《す》い物草《ものぐさ》を手折り、おでんに手渡した。

昼に開いて夜には閉じる。黄色い五弁の花が頼りなげに揺れている。

「ふん、仏壇を磨く草なんぞ貰っても、嬉しくも何ともないよ」

一羽のつばくろが蒼空《そうてん》を矢のように横切った。

「あのつばくろは、あんただ。心細くなったら、いつでも帰っておいで」

「ありがとうよ」

真心の籠《こ》もったことばが胸の奥まで染みこんでいく。

酸い物草を握るおでんの目には、光るものがあった。

八郎兵衛は袖をひるがえし、軽快な足取りで歩きだす。

未練を振りきるように、一度も振りかえらずに遠ざかっていった。

例幣使《れいへいし》の用心棒

一

栃木から楡木《にれぎ》、鹿沼《かぬま》と経て日光街道との追分《おいわけ》にいたった。

追分には大きな地蔵が鎮座しており、追分地蔵と呼ばれている。

日光含満《かんまん》ヶ淵《ふち》の上流に何十体と並ぶ「化け地蔵」の一体が、遥かむかしに洪水で流されてきたものらしい。当初は中禅寺湖《ちゆうぜんじこ》を水源とする大谷川《だいやがわ》の河原に埋まっていた。石工が露《あら》わになった石の一部に鑿《のみ》を打ちこむや、血が滲《にじ》みでてきたという。

神仏に関わる不思議な逸話が日光周辺にはいくつもある。

八郎兵衛は夕暮れまで歩きに歩き、今市宿《いまいち》へたどりついた。

途中、楡木から今市までは壬生街道《みぶかいどう》とも呼ばれるが、太閤秀吉《たいこうひでよし》の小田原城攻めまで野州一帯に威勢を誇った壬生氏はもういない。北条《ほうじょう》方に味方したために根絶されてしまい、今は地名にその名を残すのみだ。

今市は杉の薫る宿場である。

日光東照宮の入口となる鉢石《はついし》宿まで、鬱蒼とした杉並木がつづいていく。約二百年前、相州甘縄《あまなわ》藩主の松平正綱《まつだいらまさつな》によって寄進されたものだ。三代将軍家光が主催する家康の三十三回忌法会《ほうえ》にあたり、紀州熊野《くまの》から二十万本もの苗木を取りよせたという。

今市は会津《あいづ》に向かう起点でもあり、栃木にくらべて人や物の流れは盛んにみえる。大路には日光詣での客に向けた旅籠《はたご》が軒を並べ、例幣使《れいへいし》も泊まる立派な本陣がでんと構えていた。日光領内で収穫された米も集まってくるので米蔵も多く、潤った宿場であることはすぐにわかる。

おでんとの別れを引きずったまま、旅籠のひとつに草鞋《わらじ》を脱いだ。

どこもかしこも日光の例大祭を見物にきた客で溢《あふ》れ、大部屋しか空《あ》いていないうえに夕飯も遅くなると聞いたので、八郎兵衛は夕闇に包まれた町に繰りだした。

北に流れる大谷川をめざして歩き、居酒屋の暖簾《のれん》を振りわける。

どこに行っても杉の薫りがするのは、杉線香のせいだと気づいた。

今市の杉線香は長持ちすることで知られ、高価なものは江戸城大奥へも献上されるほどの特産品らしい。

とりあえず冷や酒を注文し、豆腐田楽を肴に呑みはじめる。

二合ほど空けたところで、何やら気になるひそひそ話が聞こえてきた。

衝立《ついたて》一枚隔てた奥の席からだ。

浪人らしき連中が三人、いや、四人いる。

「いよいよ明後日だ。的《まと》は今ごろ鹿沼あたりか」

「巴波《うずま》川の鉄砲水で一時はどうなることかとおもったが、予定どおりに道を稼いでおるようだな」

「遅れるわけにはいかぬさ。例大祭に遅れたら、朝廷の権威は地に堕ちる」

「明日は今市の本陣泊まりか」

「本陣を急襲するよりも、杉並木の途中で襲ったほうが仕留めやすい」

「加瀬《かせ》氏《うじ》、例幣使みずから金幣を携《たずさ》えておるのか」

「わからぬ。挟み箱のなかかもしれぬ」

「一行の人数は確かめたのか」

「天明《てんみょう》宿で確かめた。例幣使のほかに偉そうなのがふたりおった。あとは用人《ようにん》ふたりに近習《きんじゅう》と番士が三人ずつ、挟み箱やら長柄やら櫃《ひつ》やらを持つ跡手廻りが三十人ほど、駕籠三挺に馬が十頭ほどおったので、駕籠かきと馬子《まご》もいれたら六十近くにはなろう」

「なかなかの大所帯よな」

「抗う者がおれば、例幣使以外は斬ってもよい。華美な装束に身を包んでおっても、従者のほとんどは出入りの商人どもだ」

「防《ふせぎ》の連中もおろう」

「おったとしても、公家《くげ》の防だ。剣術に長けた者などおらぬさ」

「はは、そりゃそうだ」

「天領の役人が随伴するかもしれぬが、それとても体裁《ていさい》を整えるだけのこと。われら六人で掛かればちょろいものさ」

ほかにもふたりの仲間がいるのかと、八郎兵衛は察した。

盃を置き、衝立に耳を近づける。

「加瀬氏、肝心なことを訊こう」

「何だ」

「奪った金幣を線香屋に持ちこめば、ほんとうに三十両になるのか」

「ああ、そうだ。報酬はひとり三十両だ」

「六人で、しめて百八十両か」

一斉に生唾を呑む気配が窺えた。

食いつめ浪人にとって、三十両は垂涎《すいぜん》の餌《えさ》だ。

「例大祭には欠かせぬものかもしれぬが、金幣にそれほどの価値があるのか」

「わからぬ。誰が何の目途で奪おうとしているのか、わしはいっさい聞いておらぬゆえな」

例幣使が前年使った金幣を細長く刻み、小判と引換に大名や旗本に下賜《かし》するというはなしは聞いたことがあった。だが、百八十両を払って暴漢に奪わせるほどの価値があるとはおもえない。

「ともあれ、われわれの為すことはひとつ、例幣使の一行を襲って金幣を奪うことだ」

「しっ、衝立の向こうで誰かが聞き耳を立てておるかもしれぬぞ」

「確かめてみろ」

八郎兵衛は気配を察し、音もなく席を離れた。

それと同時に、衝立の脇から髭面が顔をみせる。

知らんぷりをきめこみ、親爺に勘定を手渡した。

誰も気づいていない。髭面は引っこみ、ひそひそ話がまたはじまった。

「野良犬どもめ」

厄介事に首を突っこむ気はないが、食いつめ浪人たちのやろうとしていることは容易に想像できたし、好奇心も擽《くすぐ》られた。

そもそも、日光東照宮の手前で例幣使一行が襲われたはなしなど聞いたこともない。金幣そのものに二百両近くの値が付くとはおもえぬ。となれば、やはり、朝廷や幕府の権威を失墜させたい者の仕業なのだろうか。それとも、ほかにおもいもよらぬ狙いでも隠されているのか。

「わからぬ」

報酬を払う線香屋の屋号を聞きそびれたことが、少しばかり悔やまれた。

二

二日後の朝、例幣使の一行からわずかに遅れて、八郎兵衛は旅籠を発《た》った。

やはり、好奇心を消しさることができなかったのだ。

無論、暴漢から守ってやる義理はないし、そのつもりもない。
貧乏な公家どもに恩を売っても益がないことは承知していた。
行く手には緑を濃くした杉並木がつづいている。
足を一歩踏みいれると、神聖な気持ちになった。
「ここは異界だ」
人が踏みこんではならぬ領域と背中合わせに、杉の大木が聳《そび》えている。
――くえっ。
濃密に葉の繁《しげ》る高みで烏《からす》が鳴いた。
熊野の八咫烏《やたがらす》であろうか。
いや、烏天狗《からすてんぐ》かもしれない。
八郎兵衛はにやにやしながら、軽快に歩を進めていく。
「おや」
十七、八の町娘がひとり、裸足《はだし》で前方を歩いていた。
着物の裾をからげ、手には鼻緒《はなお》の切れた下駄をぶらさげている。
鼻緒もすげず、先を急ぐのはなぜか。
まさか、乱心しておるのではあるまいな。

関わりを持たぬように気配を殺し、目もくれずに追いこす。

「きゃっ」

娘が転んだ。

仕方なく取って返し、手を差しのべてやる。

「ほれ、摑まれ」

「申しわけございませぬ」

娘は腕に縋《すが》り、どうにか身を起こす。

髪は島田に鹿子《かのこ》の結綿《ゆいわた》、纏う着物は朱と水浅黄《みずあさぎ》の段鹿子《だんかのこ》だ。

大店の娘にちがいない。

裸足で日光街道をひたひた歩いている。

どう考えても妙だ。

しかも、物欲しげな顔でみつめてくる。

どこかでみたことのある女の顔に似ていた。

名は忘れたが、好いた男への嫉妬で身を滅ぼした女だ。

袖に縋る娘には、千人にひとりという疑着《ぎちゃく》の相が浮かんでいる。

「触らぬ神に祟りなし」

口のなかで繰りかえしつつも、うっかり「どうしたのか」と訊いてしまう。

娘は待ちかまえていたかのように応じた。

「じつは、足の裏に肉刺《まめ》ができてしまって。先を急がねばならぬのに、痛《いと》うて歩くこともできませせぬ」

「それで」

「負ぶっていただけませぬか」

「どこまで」

「東照宮まで」

二里はある。

図々《ずうずう》しい娘だが、可愛らしくもあり、艶っぽくもあった。

切羽詰まった目でみつめられると、無下《むげ》にもできない。

八郎兵衛は屈み、背を向けた。

「さあ、遠慮するな」

「はい」

娘は喜々として負ぶさってくる。

「軽いな。羽のようだ」

返事はない。

微《かす》かに寝息が聞こえた。

「妙な娘だ」

物怖《ものお》じしないところも好もしい。

二里程度なら負ぶっても苦ではない。

八郎兵衛は早足に歩きはじめた。

杉並木は果てるともなくつづいていく。

四《し》半刻《はんとき》ほど経ったころ、寝息が途絶えた。

「どうして、何も訊かないの」

いきなり、娘が怒ったように問うてくる。

八郎兵衛は笑ってこたえた。

「訊いてほしいのか。それなら、どうして先を急ぐ」

「上園求馬《うえぞのきゆうま》さまを追ってきました。無我夢中で追ってきたものだから、下駄の鼻緒が切れてしまって」

「上園某《なにがし》ってのは何者だ」

「例幣使さまの供人です。昨年も一昨年も今市に来られ、わたくしと褥をともにいたしました」

近いうちに京の都をみせてくれると、枕辺で約束したのだという。昨夜《ゆうべ》、お仲間に諭《さと》され
「でも、求馬さまは妻子がある身ゆえ深入りしてはならぬと、昨夜、お仲間に諭され
ました。そんなはずはない。嘘にきまっている。求馬さまに真実かどうかを確かめね
ばなりません」

恋に惑乱した娘がひとり、背中で世迷い言を喋っている。

「それで、おぬしはどこの娘だ」

今市で杉線香を扱う『杉野屋』のひとり娘らしい。

名は、おみわという。

「杉野屋なら、旅籠で引き札を見掛けたぞ」

今市でも一、二の大店だった。

おかいこぐるみでわが儘《まま》放題に育った娘が風雅な都の空気に触れ、貧乏公家の従者
にとってはかりそめの恋を本気にしてしまったのだ。

例幣使随員の立場を使い、一途《いちず》な娘の気持ちを弄《もてあそ》んだのならば、罪深いはなしだ。

「あっ、あれを」

煌びやかな一行の尻尾がみえてきた。

沿道には土下座をする者たちのすがたもある。

ふと、居酒屋で聞いた浪人たちの企みが耳に蘇《よみがえ》ってきた。

「やつら、ほんとうに待ちぶせしておるのか」

ひとりごとを聞きつけ、おみわが問うてくる。

「待ちぶせとは何ですか」

刹那《せつな》、前方を行く列に断末魔の悲鳴があがった。

「ぬわっ、くせもの」

供人たちは散り散りになり、這《は》うように逃げる者もいる。

「すわっ」

八郎兵衛はおみわを背負ったまま、脱兎《だっと》のごとく駈けだした。

三

例幣使は駕籠から外へ飛びだし、危なっかしい手つきで刀を抜いた。

「ぎぇっ」

血を噴いて倒れたのは、無精髭の浪人者だ。

一刀で斬りすてたのは、例幣使ではない。

防として随行する若者だった。

「あっ、求馬さま」

おみわが恋い焦がれる相手らしい。

見掛けは痩せた優男《やさおとこ》だが、剣さばきは鋭い。

身のこなしも軽やかで、牛若のようだった。

ほかにも刀を手にした近習や番士はいたが、まともに対抗できそうな者はいない。

刀を闇雲に振りまわすか、尻をみせて逃げまどうかのいずれかだ。

上園求馬は例幣使の盾となり、例幣使は倒れた駕籠を背に抱えていた。

挟み箱や長柄は道に投げ捨てられ、小者たちは悲鳴をあげながら駕籠のまわりを右往左往している。

求馬は鮮やかな手並みで奮戦していた。

が、三人斬ったところで刀に脂《あぶら》が巻いたようだった。

四人目は渾身《こんしん》の中段突きでどうにか倒したが、五人目に肩口を浅く斬られた。

「ぬう」

求馬は大刀を捨て、脇差で応じる。

ところが、五人目はあきらかに強敵だった。

「助けて、求馬さまを助けて」

おみわに煽《あお》られるまでもなく、八郎兵衛は地を蹴った。

背中から落ちたおみわを顧《かえり》みず、修羅場へ躍《おど》りこむ。

「くりゃ……っ」

抜き際の一刀で、ひとりの喉笛を裂いた。

返り血を潜りぬけ、最後のひとりに迫る。

上園求馬に浅傷《あさで》を負わせた男だ。

風貌も構えも、ほかの五人とはちがう。

それなりの流派を極めた者の威厳を備えていた。

八郎兵衛は間合いを詰め、爛々《らんらん》と眸子《まなこ》を光らせる。

「おぬし、加瀬か」

「ん、なぜわしの名を」

「知らぬが仏と決めておったが、成り行きでそうもいかぬ」

「待て。成り行きと申したな」

「ああ言った」

「成り行き次第では、敵にも味方にも転ぶ。そういうことか」

「まあそうだ」

「ふふ、例幣使の金幣を奪えば百八十両になる。半分はおぬしにくれてやろう。どうする。こっちにつかぬか」

八郎兵衛は刀の血を振り、黒鞘に納刀した。

「わるいはなしではないな」

加瀬から目を逸らし、怪我を負った求馬を睨む。

「若造、後ろでへたりこんでおる娘にみおぼえは」

求馬は目を向け、はっとした。

「知っておるのだな」

「……は、はい」

「娘に言うべきことは」

「面目《めんぼく》ござらぬ」

求馬は地べたに両手をついた。

「許してほしい。妻子ある身で契りを……騙すつもりはなかったのだ。旅先で一夜の夢をみたかっただけのこと」

八郎兵衛は振りむきもせず、おみわに叫んだ。

「おい、聞いたか。おぬしとのことは一夜の夢だったらしい。素直に謝っておるが、どうする。許してやるか」

「いや、ぜったいに、いや」

おみわは泣きじゃくり、地面に俯《うつぶ》してしまう。

詮無《せんな》いこととは悟りつつも、あきらめきれぬ未練が渦巻いている。

「のう、求馬とやら。おぬしは罪深いことをした。罪を贖《あがな》わねばなるまい」

「されど、いかにすれば」

「とりあえず、切れた鼻緒でもすげてやれ」

対峙する加瀬が痺《しび》れを切らして怒鳴った。

「いつまで茶番を演じておる。どうする気だ。九十両、欲しくはないのか」

「欲しくないとは言うておらぬ」

八郎兵衛は、首をこきっと鳴らす。

例幣使は歯を食いしばり、懇願するような目でみつめてきた。

「ご浪人、どうかお味方を。このとおりでおじゃる」

「おじゃると言われてもなあ」

八郎兵衛は長々と息を吐き、両手をだらりと下げた。

加瀬は身に殺気を帯び、刀を右八相に高く持ちあげる。

「どうやら、誘うたのがまちがいだったらしい」

「ま、そういうことだ」

八郎兵衛は撞木足《しゅもくあし》に構え、両手首を交差させる。

「つおっ」

加瀬は膝を繰りだし、袈裟懸けに斬りつけてきた。

つぎの瞬間、八郎兵衛は双手抜きに刀を抜く。

「なにっ」

互の目の刃文が煌《きら》めいた。

遥か頭上だ。

加瀬は身を反らし、恐怖に身をすくませる。

「うしゃ……っ」

峻烈な一撃が振りおろされた。

「ぎぇっ」

秘剣豪撃《こわうち》から逃れる術《すべ》はない。

刹那、加瀬の脳天が砕けちった。

「……お、お見事でおじゃる」

例幣使はうろたえつつも、疳高《かんだか》い声をあげた。

上園求馬は血を流しすぎ、へたりこんでいる。

おみわが泣きながら駈けより、必死に抱きついた。

「案ずるな」

八郎兵衛は言いはなつ。

「その程度の傷で死にやせぬ」

逃げていた随員たちが戻ってきた。

例幣使がそばに歩みより、おちょぼ口を尖らす。

「ご覧のとおり、上園求馬は怪我を負った。ほかに頼りになる者はおらぬ。貴殿が防になってはくれぬか」

八郎兵衛は懇願され、にやりと笑った。

「わしは高いぞ。貧乏でけちな公家に用心棒代が払えるのか」

「ふん、無礼な。みくびるでない。報酬は意のままじゃ。今市の線香屋がいくらでも払うわ」

「ほう、線香屋がな」

妙だなとおもった。

加瀬たちを雇ったのも線香屋だし、おみわの父親も今市の線香屋だ。

「身は鷲尾《わしお》為末《ためすえ》。貴殿の姓名は」

「伊坂八郎兵衛」

「されば伊坂どの、お願いいたしますぞ」

鷲尾は勝手に言いおき、駕籠に乗りこむ。

一行は何事もなかったかのように動きだした。

上園求馬はほかの怪我人とともに戸板に乗せられ、おみわに付き添われて今市へ戻っていく。

八郎兵衛は仕方なく、しんがりから駕籠にしたがった。

一行が去った道中には、血腥い光景がひろがっていた。

四

翌十六日朝、八郎兵衛は丈の短い従者の束帯を纏い、大谷川に架かる朱色の太鼓橋を渡った。

「これが神橋《しんきょう》か」

将軍や勅使や例幣使しか通ることを許されない。

長さ十五間にすぎぬこの橋が、聖地への架け橋となる。

高欄の親柱を飾る擬宝珠《ぎぼし》を撫でまわし、八郎兵衛は興奮を抑えきれなかった。

日光東照宮には、ずいぶんむかしに一度だけ訪れたことがある。

神橋ではなく、下流に架かる木橋を渡った。

さらに、表参道を通って仁王門を潜り、陽明門の手前まで歩いた。

あのときも川縁《かわべり》には赤い躑躅《つつじ》が咲きほこっていたし、林立する宿坊は鬱蒼とした杉林に囲まれていた。神聖な空気に触れ、みずからの小ささを悟った。厩《うまや》の長押《なげし》に「三猿」を仰いだおぼえもある。権現造《ごんげんづくり》の建物群や長押を彩る彫刻の数々、みるものすべてがめずらしく感動をおぼえずにはいられなかった。

何といっても珠玉というべきは、真南を向いて聳える陽明門であった。

高さ六間強の二層造りで、奥行きは二間半近くもある。貝殻を潰した胡粉《ごふん》を塗った十二本の白い柱には渦巻状の地紋《じもん》が彫られており、中央が盛りあがって両端が反った唐破風《からはふ》の軒下は唐獅子《からじし》や竜や麒麟《きりん》やみたこともない霊獣など五百を超える彫刻群で飾られていた。

ただし、陽明門からさきの拝殿や本殿を参拝することは許されず、日暮れまで門前に佇んでいたのをおぼえている。

「伊坂どの、お急ぎくだされ」

近習のひとりに煽られた。

杉並木の凶事で例幣使の一行は数を減らしていたが、厳《いか》めしげな史生《ししょう》や衛士《えじ》をはじめとして太刀《たち》を佩《は》いた者たちは十人ほど随行しており、挟み箱持ちなども大勢したがっている。

そのなかに混じると、六尺余りの八郎兵衛はあきらかに浮いていた。

神橋を渡りきると、右手に御旅所《おたびしょ》がみえてくる。

明十七日、家康の命日に催される渡御祭《とぎょさい》で三基の神輿《みこし》が立ちよるところだ。御旅所の拝殿には山海の幸が供され、二荒山神社《ふたらさんじんじゃ》の巫女《みこ》と東照宮の神職による舞が奉納される。

三基の神輿には主祭神である家康のほかに、豊臣秀吉と源《みなもとの》　頼朝《よりとも》の霊が宿っていた。

渡御の起点となる二荒山神社は東照宮からみて北西の奥に位置し、西側には家光の霊を弔った大猷院《だいゆういん》がある。家光は膨大な人手と費用を掛けて大造替《だいぞうたい》をおこない、家康が神として崇《あが》められる礎《いしずえ》を築いた。

「それ、遅れをとるな」

一行は宿坊の狭間を通りぬけ、表参道へたどりついた。

渡御の神輿も武者行列をともない、この表参道を往復する。「百物揃千人行列」と称する行列は、二代将軍秀忠が家康の神霊を駿府《すんぷ》の久能山《くのうざん》から日光へ改葬した際の行列を再現したものだ。毎年春の例大祭には、文字どおり、千人を超える武者行列がおこなわれる。

絢爛《けんらん》豪華な武者行列が、八郎兵衛の瞼《まぶた》の裏に焼きついていた。

ところが、例幣使の一行はまったく興味をしめさない。

「そないなもん、みたくもないわ」

というのが、都から訪れた一行の正直な気持ちなのだ。

鷲尾為末は表参道の甃《いしだたみ》が尽きたあたりで、ようやく駕籠から降りた。

石段を上って仁王門を潜り、経堂や神庫《じんこ》などのある境内《けいだい》からまた鳥居を潜って石段を上る。

「ああ、しんど」

為末は息を切らしながら漏らし、おざなりに礼をして陽明門を潜る。

本来、そこからさきは身分の高い者しか礼拝できぬところだが、八郎兵衛は従者として入殿を許された。

例幣使の役目は本日午前、金幣を奉じることで終わる。

京からはじまった十四泊の旅を終え、一行は日光街道を上って江戸に立ちより、東海道をたどって京へ戻る。

そもそも、例幣使とは伊勢《いせ》神宮の神嘗祭《かんなめさい》に幣《ぬさ》を捧げるべくおこなわれていたもので、応仁の乱以降は中断していた。これを日光東照宮で復活させたのは、ひとえに徳川の権威を誇示するためにほかならず、朝廷に属する者たちにしてみれば屈辱以外のなにものでもない。

「長居は無用」

という気持ちは、従者たちの態度にも窺えた。

一方、八郎兵衛は嬉しくて仕方なかった。

陽明門を抜ければ唐門が正面に聳え、門を潜れば拝殿がある。

唐門の背面には虎と兎《うさぎ》が向きあっており、拝殿の正面にも虎がいた。

両側には竜もいる。虎は家康、兎は秀忠、竜は家光の干支《えと》であった。

拝殿や廊下は動物や霊獣の彫刻で隙間なく飾られ、観る者を圧倒する。

社殿を飾る彫刻はじつに七百体を超えており、こうした彫刻群もふくめて権現造の壮麗な社殿はわずか一年半で完成した。大工の延べ人数は十六万人を超え、費用は百万両におよんだという。家光の強い意志で幕府がすべてを負担し、大名には蠟燭《ろうそく》一本も寄進させていない。

例幣使一行があまりにさきを急ぐので、八郎兵衛は後ろ髪を引かれるおもいで東照宮を去らねばならなかった。

一行が今市の本陣に戻ってきたのは、暮れ六つまえのことだ。

「ふう、肩の荷が下りたわい」

鷲尾為末は安堵《あんど》の溜息を吐き、従者に酒肴を注文させる。

やがて、従者のひとりが硯箱《すずりばこ》に何かを載せ、うやうやしく運んできた。

「金の生《な》る木や」

下げわたされた去年の金幣だった。

為末は細長く刻んだ金幣の断片を裏返す。

墨をふくんだ筆を握るや、和歌でも書く要領で筆を走らせた。

――東照権現様御神体。

と記された旧幣の断片は乾かして奉書紙に包み、江戸の諸大名や大身《たいしん》旗本へ配る。

それと引換に渡される初穂料が莫迦にならない。五十両にも百両にもなる。要領よく立ちまわり、一財産築く例幣使もいるという。

「伊坂どの、われらの費用《ついえ》がどこから出ておるとおもわれる」

「さあ」

山城国の相楽《そうらく》郡に村高一千石以上の村が五つあり、五ヶ村の納める年貢から三百三十石ぶんの銀を預かるのだという。金に換算すると三百両ほどになり、ここから御幣持入用のぶんと地下《じげ》たちへの払いを差しひいた約二百両が例幣使の取りぶんとなる。

「往復でひと月余りの道程になる。二百両ぽっちでは、どうにもならぬ。そやから、いろいろ頭を捻《ひね》らなあかんのや」

旧幣よりもっと大きな利益を生みだすものがある。

「教えたろか。それはな、荷運びの労賃や」

例幣使は京の大商人から江戸へ運ぶ荷を預かる。荷は大奥などへも届けられるので、商人にすればかなりの労賃を払っても損はしない。

「なるほど、それで馬が多いのか」

八郎兵衛も合点《がてん》できた。

例幣使は出立の一カ月前に朝廷から任命される。鷲尾為末に定まったときも、即日から商人たちの売りこみがあった。労賃の交渉がおこなわれ、一朱でも金額の多い商人の荷が運ばれることとなる。

ほかにも「ごね得」を狙った稼ぎ方があった。

たとえば、宿ごとの人馬継ぎ立ては無賃で用意させられる数が定まっているのだが、これを遥かに超えても宿側は泣き寝入りさせられる。また、従者たちが無頼をはたらかぬように「入魂《じっこん》」と呼ばれる心付けを宿場ごとに支払う習慣もあった。

さらに言えば、本陣などでの宿泊代は例幣使が揮毫《きごう》した短冊や扇子《せんす》で支払われる。あるいは、朝廷内で正月に供される「御膳飯」によって支払われることもあるという。

「これじゃ」

鷲尾は従者に命じ、小さな包みを持ってこさせた。

包みの表には朝廷のものであることをしめす十六弁の菊紋が捺印《なついん》されている。

「それが御膳飯かどうかなど知ったことではないわ」

ともあれ、例幣使は貰いうけた「御膳飯」を洗い干しにして分け、八万包もつくる。これが宿泊料に代用されるとともに、病気を治す「万能薬」として庶民にも売られるらしい。

例幣使や従者たちにとって、年に一度の日光参拝は荒稼ぎができる好機なのだ。

鷲尾為末も例外ではなく、いかにして金を集めるかばかりを考えていた。

酒肴が運ばれ、大広間での宴《うたげ》となった。

上座の鷲尾は酒がはいると上機嫌になり、口のまわりもいっそう滑《なめ》らかになる。

「伊坂どの、聞いてくれぬか。上園求馬のやつ、杉野屋の娘の親身な介抱で快復に向かっておるらしい。ところが、身ばかりか心のほうも奪われおってな、都へは戻りたくないと抜かしておるそうや」

「ほう」

「妻子はどうするのかと訊けば、離縁状に金子《きんす》を添えて預けるのでよしなにと抜かしおったとか。ふん、すっかり骨抜きにされよって、しょうもない男や」

「帰りたくない者を無理に連れていくこともない」

「そうもいかぬ。例幣使の従者が宿場の娘に恋慕して抜けたとなれば、幕府の連中から笑いものにされかねぬ。おそらく、杉野屋も許すまい。かねてより例幣使に恨みを抱いておるらしいからの、ほほほ」

杉野屋は数年前、大枚を出して金幣を買った。厄除《やくよ》けのつもりで買ったのに、同じ年に役人への法外な賄賂が表沙汰になり、財産を半分に減じられる闕所《けっしょ》処分にされた。

「杉並木で襲ってきた連中も杉野屋が雇ったのやもしれぬ。ほほ、逆恨みもよいところや」

ありえないはなしではない。居酒屋でもはっきりと聞いた。浪人たちに報酬を約束したのは「線香屋」なのだ。

「その杉野屋がな、折り入って頼みがあると使いを寄こしたのや」

為末は意味ありげに笑い、川魚の刺し身を口に抛《ほう》りこむ。

「ああ、美味《うま》い。日光詣りで蔵が建つなら、鬱陶《うっとう》しい役目も苦にゃならぬ」

ふん、いい気なものだ。

八郎兵衛は胸の裡で悪態を吐いた。

そこへ、拝謁を請うてくる者があった。

五

下座の襖が開き、肥えた商人があらわれた。

「杉野屋嘉右衛門《かえもん》にござります。鷲尾為末さまにはお初のお目通りで」

「さようか」

「はい。ご従者の上園さまは三度目にござりますが」

「そなたの娘、上園求馬を好いておるようじゃな」

「困った娘にございます。幼い時分に母親を病で亡くして以来、わが儘放題に育ってまいりました。ゆえに、欲しいものは何でも手に入れたがります。こうと決めたら梃《て》子《こ》でも動かぬ性分は手前譲りのようで、へへ」

「笑い事ではなかろう」

為末に叱りつけられ、杉野屋は頭を掻く。

「いかにも。娘にはきつく灸《きゆう》を据えまする。上園さまも傷が癒えたご様子なので、早々にお戻しいたします」

「只で戻すつもりか」

「えっ」

「娘が誘いをかけねば、求馬もその気にならなんだぞ」

惚れさせたぶんの金を払えと、為末はえげつないことを言う。

杉野屋は眉をひそめた。

「いったい、おいくらご入り用で」

「さよう。五十両ではどうか」

「ぬひ、ぬはは」

杉野屋は顎の肉襞《にくひだ》を揺すって笑った。

鷲尾は膝を乗りだし、気色《けしき》ばむ。

「何が可笑しい」

「例幣使さま、端金《はしたがね》を望まれますな」

「何じゃと」

杉野屋は胸を張り、ぱんぱんと柏手を叩く。

後ろの襖がすっと開くや、為末も従者たちも目を丸めた。

驚いた眼差しのさきには、千両箱が三つも積まれている。

「とある品を無事に江戸へお運びいただければ、こちらを差しあげましょう」

「……さ、三千両か」

「いかにも」

「して、何を運ぶ」

「運んでいただく品は、馬十疋《ぴき》に担がせた杉線香にござります。それを大奥御年寄《おとしより》の浦尾《うらお》さまのもとへお届けいただきたく」

「大奥の御年寄にか」

為末はごくっと唾を呑む。

俄然《がぜん》、杉野屋は優位に立った。

「例幣使さまのご献上物ならば、幕府の木っ端役人も無下には扱いますまい。ただ、お願いしたいのは山々でござりますが、ちと不安をおぼえております」

「不安とは」

「杉並木で暴漢に襲われたとお聞きしました。その際、防の上園さまはお怪我をなされたと」

「求馬が申したのか」

「いいえ、手前が一存でお調べしたことにござります。暴漢は六人からなる浪人者で、四人までは上園さまが斬りふせた。残りのふたりは、その場で助《すけ》っ人《と》にはいったご浪人に斬られたとか」

杉野屋は為末から目を逸らし、末席に侍《はべ》る八郎兵衛をみた。

「失礼ながら、伊坂八郎兵衛さまにござりましょうか」

「そうだが」

「娘のおみわがお世話になったそうで」

「たいしたことではない」

「申しわけござりませなんだ。されど、これも何かのご縁とお考えいただき、例幣使さまのご一行を江戸までお守りいただけませぬか。無論、報酬はお出しいたしましょう。こちらの三千両とは別に」

何やら胡散臭《うさんくさ》いはなしだ。

たかが杉線香を運ばせるのに三千両とは、法外すぎはしまいか。

だが、欲に目のくらんだ為末には疑念を抱いている余裕はない。

「杉野屋、こっちを向け。杉線香を大奥へ届ければ、まことにそれ、そこの千両箱を寄こすのだな」

「はい。ただし、無事にお届けいただければのはなしで。あれしきの暴漢どもに手こずっておるようでは、はなはだ不安にござります」

「切りぬけたであろうが」

「それも、こちらの伊坂さまがたまさかおられたゆえのこと。伊坂さまに防のお役目をお受けいただけぬようなら、ちと考えを変えねばなりませぬ」

「伊坂八郎兵衛が防の役目を受ければよいのか」

「それなら、ようござりましょう」

為末は上座から転げおち、畳を滑ってきた。

そして、八郎兵衛の両手をきつく握りしめる。

「伊坂どの、頼む。うんと言うてくれ」

浅はかな男の顔が、狐《きつね》の顔にみえてくる。

妙な申し入れをした杉野屋も、人を化かす狸にみえた。

さきほどの台詞も引っかかる。杉野屋は例幣使を襲った連中を知らぬはずなのに、会ったことでもあるかのように「あれしきの暴漢ども」と口走った。

もしかしたら、杉野屋が防の力を試すために浪人どもを雇って襲わせたのかもしれない。

八郎兵衛は、そんなふうに勘ぐった。

しかも、為末のほうも勘づいていたのではあるまいか。

なぜなら、杉並木の道で八郎兵衛への報酬を「今市の線香屋がいくらでも払うわ」と吐いたからだ。

まるで、今宵の来訪を予期していたかのような発言ではないか。

杉野屋が例幣使に「逆恨み」を抱いていたという逸話も、襲撃との繋がりを察していたからこそ発せられたものだろう。

すべては狂言だったのかもしれない。

そうであったとすれば、哀れなのは何も知らずに死んでいった浪人どもだ。

狂言にある『釣狐《つりぎつね》』の狐のように、鷲尾為末には罠と知りながらも飛びこんでしまう欲深さがある。

八郎兵衛はさまざまに想像を膨らませながらも、千両箱に目を貼りつけていた。

金に靡《なび》くやつは糞《くそ》だが、靡かぬやつは信用できぬ。

そうした信条からすれば、為末は信用できる糞にほかならない。

「ふん、おもしろい」

諾とも否とも告げず、八郎兵衛は空の盃を差しだした。

「注いでくれ」

「なにっ」

例幣使ともあろう者が、痩せ浪人に酌をする。

世の中に、これほどの屈辱もあるまい。

為末は乱暴に銚釐《ちろり》を取り、殺気すら帯びながら酌をした。

これを表情も変えずに受けながし、盃をひと息に呑みほしてやる。

「ぷふう、不味《まず》い酒だ」

「何じゃと、無礼者め」

為末が上座に向かって銚釐を投げつけた。

「ぬは、ぬはは」

杉野屋が立ちあがり、太い腹をぱんぱん叩いて嗤《わら》った。

「伊坂さまはお受けなさった。これで決まりでござりますな。それでは前金として一千両、残りは無事にお役目が終わったあかつきに、京へお持ちいたしましょう」

「杉野屋、任せておけ」

為末は癇癪《かんしゃく》を起こしたことも忘れ、嬉々として叫びあげた。

六

灌仏会《かんぶつえ》も過ぎて小満《しょうまん》になると、山里の高木が花をつけはじめる。

橡《とち》や桐や水木などといった木々がにわかに色付き、旅人の目を楽しませてくれる。

こけしの材料として知られる水木などは、左右に大きく張りだした枝葉のうえに細かくて白い花が集まって咲くので、遠目には雪をいただいたようにみえた。

「万物満ちて草木繁り、天下泰平の風が吹く」

好天に恵まれたこともあり、例幣使の鷲尾為末は機嫌がよい。

窮屈な駕籠から抜けだし、道中は馬の背に揺られてきた。

「ほれ、とっきょとっきょと、不如帰《ほととぎす》も鳴いておる」

一行は人馬の隊列を組み、今市から日光の山嶺《さんれい》を背にしつつ、のんびりと進んだ。途中、四里ほどのところに位置する徳次郎《とくじら》宿を過ぎれば、宇都宮の城下は近い。さらに二里ほど進むと道は大きく蛇行し、左手に田川がみえてくる。

左手前方には「亀ヶ丘城」の異称で呼ばれる宇都宮城が聳えていた。

「宇都宮や」

例幣使の一行は、城下町の賑わいに眸子を輝かせる。

宇都宮の宿場は二十町四方におよび、沿道に並ぶ旅籠の数は四十軒を超えていた。日光街道と奥州街道の追分でもあり、東海道の品川宿と匹敵するほどの規模を誇る。都の喧噪《けんそう》に飢えていた者たちにしてみれば、懐かしい空気に触れる感じがするのかもしれない。

城下でもっとも栄えているのは城の北西にある伝馬《でんま》町《ちょう》や池上町の界隈《かいわい》で、商家や旅籠が軒を並べるなかに本陣と脇本陣もあった。隣り合う挽路《ひきじ》町《ちょう》や材木町には遊廓もあり、街道沿いの大黒町や歌橋町《うたのはしまち》などでは七の付く日に市が立つ。

統治の面でも宇都宮は紛れもなく要衝地であり、幕府開闢《かいびゃく》のころから幕府の要職に就く譜代大名が置かれてきた。

七万七千石の所領を治める今の藩主は戸田日向守忠温《ひゅうがのかみただはる》、四十の手前で寺社奉行に抜擢《ばってき》された逸材だ。

例幣使の一行が伝馬町の本陣に落ちつくと、さっそく藩の役人たちが挨拶に訪れた。表向きはへりくだった態度をみせつつも、進物《しんもつ》も手土産も携えておらず、金幣を購入する素振りすらみせない。

さすがに徳川譜代の家臣だけあって、朝廷の使者とは一線を画す気構えだ。

「無礼なやつばらや」

予想されたこととはいえ、為末は不機嫌きわまりなく、八郎兵衛は重苦しい空気を避けるように部屋を出た。

従者のなかには、すっかり意気消沈した上園求馬の顔もある。

おみわと無理に別れさせられたことが、よほどこたえたらしい。

同情の余地はないものの、憐《あわ》れに感じて外へ連れだしてやった。

「病みあがりゆえ、酒は遠慮つかまつる」

生真面目《きまじめ》に拒むのを無視して付きあわせ、材木町の大路に面した茶屋にあがった。

「値が張りそうな見世だが、まあよかろう」

懐中が温かくなると、大盤振るまいしたくなるのはむかしからの癖だ。

二階座敷に落ちつき、剣菱《けんびし》の熱燗《あつかん》で一杯飲《や》る。

肴は地の川魚と日光鉢石のゆばだ。

舌鼓《したつづみ》を打ちながらも、八郎兵衛は皮肉を漏らす。

「城下町はどこに行っても剣菱だな」

剣菱は町の流通が盛んなことをしめす証左でもあった。

求馬は盃を呷《あお》り、頰《ほお》を赤く染めながらめそめそしだす。

「おみわのことが、どうしても忘れられませぬ」

「莫迦を申すな。おぬしには都で待つ妻子がおるではないか」

「家同士の約束で、むりやりいっしょにさせられた相手にござります。しかも、妻にとってわたしは二度目の夫。寡婦であったにもかかわらず、家柄で勝ることを鼻に掛け、夫をないがしろにする女でござる」

元服を控えた息子は連れ子で、求馬には懐《なつ》いていない。母親が舐めるように育てたせいで、ひ弱になってしまったらしい。

「できれば妻子と別れ、おみわと夫婦《めおと》になりたい」

鷲尾為末にも懇願してはみたものの、一笑に付されたという。

「当然だ。おぬしがわるい」

「世間の目でみれば、わるいのはわかっております。されど、おみわへの恋慕を抑えることができませぬ」

「ちっ、困ったやつだ」

銚釐をかたむけ、冷めかけた剣菱を注いでやる。

芸者は遠慮してあらわれず、酌婦もいない座は通夜のようにしんみりとなった。

「さりとて、おみわといっしょになって、おぬしはどうする。侍を捨てて線香屋にでもなるのか」

「いいえ。杉野屋のご主人をあてになどせず、みずからの力で生活《たつき》を立てたいとおもっております」

「どうやって」

「幼いころより、剣一筋に歩んでまいりました。じつは、修得した鞍馬《くらま》八流《はちりゅう》の道場を開きたいと、かねてより夢を抱いておりました」

求馬の夢におみわも付きあうと約束したらしい。

「ふん、できもせぬことを軽々しく口にするな。おぬしのことばを信じたおみわが可哀想だ」

「本心にございます」

「されど、おぬしは例幣使の命にしたがった。抗って一行から抜けようともせず、おみわを捨てて宇都宮まで従いてきたではないか。そのつもりでなかったとはいえ、おぬしは一度ならず二度までもおみわを騙したことになる」

「わかっております」

酒が不味くなってきた。

考えてみれば、自分は求馬を詰《なじ》ったり、懇々《こんこん》と諭すような立場にない。むしろ、堅苦しいしがらみなど切りすて、新しい道へ踏みだせと言ってやるべきではないのか。

だが、八郎兵衛にはできなかった。

京の都に育った求馬とおみわとでは、所詮《しょせん》、呑む水がちがう。夫婦になっても幸福な家を築けるとはおもえなかった。

「ま、すっぱりあきらめることだ」

ふたりは酔えずに茶屋を出た。

八郎兵衛は求馬と別れ、ひとり場末の居酒屋へ足を向ける。

小便臭い露地を曲がると、黒板塀のところに女が倒れていた。

「おい、どうした」

大股で近づき、声を掛ける。

したたかに酔っているのか、返事はない。

振り袖を纏っているので、夜鷹《よたか》ではあるまい。

「おい、風邪をひくぞ」

俯したからだを引きおこす。

ぎくりとした。

十七か八の娘が血泡を吐き、すでに息絶えている。

「おっ、あそこだ」

辻向こうから声がして、跫音《あしおと》が迫ってきた。

八郎兵衛はすっと離れ、物陰に身を隠す。

破落戸《ごろつき》どもが五人、娘のそばへ駈けよった。

「おい、おしの。洞窟から逃げおおせるとでもおもうたか」

鬢《びん》の細い鼬面《いたちづら》が身を寄せ、遺体の腹を蹴りつけた。

鈍い音が聞こえ、別のひとりが止めにはいる。

「待て。死んじまってるみてえだ」

「ほんとうか」

「ああ、死んでいるぜ」

「どうする」

「仕方ねえ。あれを吸わせりゃ、最初からこうなることはわかっておったわ」

「ほかの娘たちにはどう説く」

「屍骸《むくろ》をみせてやりゃいいさ。洞窟から逃げたらこうなると脅せばいい。松五郎《まつごろう》親分ならそう言うだろうぜ」

「ちげえねえ。そう言えばさっき、誰か居たような気がしたけど、気のせいか」

「ふん、屍骸を喰《く》らいにきた山狗だろうぜ」

「大店の娘も山狗に喰われりゃ仕舞《しめ》えだな」

「まったくだ。ほれ、戸板を外して持ってこい」

男たちは忙《せわ》しなく動き、娘の遺体を持ち去った。

「屑《くず》どもめ」

この町で何か、よからぬ企てが蠢《うごめ》いている。

八郎兵衛は胸が疼いて仕方なかった。

七

余計なことに関わるまいと、胸に囁きながら本陣へ向かう。

そこへ、小柄な行商が後ろから音もなく近づいてきた。

「旦那、煙草《たばこ》は要《い》りやせんか」

「ん、煙草売りか。驚かすな」

「上方産の下りものにごぜえやす」

行商は痘痕面《あばたづら》を寄せ、銀煙管を差しだす。

「要らぬ」

手を振って拒んでも、男は折れようとしない。

「そこいらへんで蕎麦でもどうです。見掛けは小汚ねえが、味は宇都宮城下でも一、二と評判の見世《みせ》を存じておりやしてね」

「おぬし、何者だ」

「ただの煙草売りでやすよ」

伝七《でんしち》と名乗り、前歯の欠けた顔で笑う。

「旦那、娘の屍骸を見掛けたね。破落戸どもの正体が知りてえなら、教えてやってもかまいやせんよ」

「松五郎とかいう悪党を知っておるのか」

「知るも知らねえも、城下一の嫌われ者でね、悪事と名の付くものなら何だってやる破落戸の元締めでやんすよ。そんな野郎がでけえ面をしていられれんのは、木っ端役人に袖の下を摑ませているからでね。どっちが悪いかって言ったら、悪党をのさばらせているほうが悪いに決まっている。ちがいますかい」

「どうでもよいが、よく喋る男だな。おぬし、宇都宮藩の隠密廻りか」

「ぬへへ、さすがは南町の虎。江戸南町奉行所の元隠密廻りで、悪党どもから毛嫌いされていただけのことはある」

「何だと」

「ちょいと調べさせていただきやした。例幣使の防に雇われた物好きな浪人に興味をそそられやしてね」

泳がせておくよりも、いっそ近づきになっておこうと考えたらしい。

「伊坂八郎兵衛。そいつが旦那のご姓名だ。同じ名は北国街道あたりで轟《とどろ》いておりやしたよ。ことに、鯖江《さばえ》で百人斬りをやった逸話は関八州にも聞こえておりやす。あっしの正体は明かせやせんがね、敵でないことだけは確かでやすよ。じつは杉野屋嘉右衛門のことを調べておりやしてね、ご存じかとおもいやすが、やつはただの線香屋じゃありやせんよ」

むかしは北前船の船頭で、徳俵《とくだわら》の嘉平《かへい》と呼ばれた悪党だった。

商才に長けており、清国《しんこく》との抜け荷でひと財産を築いたという。

「尻尾を摑んで捕縛する寸前で逃げられやしてね、それはもう口惜しいおもいをいたしやした」

それでもあきらめずに追っていたところ、数年経って今市の線香屋におさまっているのをみつけた。

「ひょろ長い男がでっぷり肥えちまったもんだから、うっかり見過ごすところでやしたがね、長年追っていたあっしの目から逃れるのは無理ってもんだ。野郎は例幣使に取りいり、何事かを企んでいやがる。たぶん、旦那もそいつを調べているんじゃねえかと、そうおもいやしてね」

「とんだ見当違いだな。わしを味方と断じるのは早合点かもしれぬぞ」

「へへ、手柄のひとりじめはよくねえな。旦那が例幣使一行に紛れこんだのは、どなたかの密命を帯びてのことでござんしょう」

「憶測は勝手だが、わしの関心はほかにある」

「ほかとは」

「血泡を吐いて死んでおった娘のほうさ」

「放っておくのかとおもいやしたよ」

「放っておいては寝覚めがわるい。破落戸どもが言っておった。『あれを吸わせりゃ、最初からこうなることはわかっておった』とな」

「『あれ』でござりやすか」

伝七は意味ありげに笑う。

「そういえば、城下で妙な噂を耳にしやしたよ」

ここ半年で年頃の娘が六人も神隠しに遭ったという。

「いずれも『娘評判記』に載った小町娘で、評判記に載って数日後に町中《まちなか》で忽然《こつぜん》と消えたのだとか」

「それだな。松五郎一家の連中が神隠しにみせかけて拐《かどわ》かしたのだ。能登《のと》で人買いに出会《でくわ》したことがある。ひょっとしたら、拐かした娘たちをどこかに売る腹かもしれぬ。どこかの『洞窟』に娘たちを軟禁しているようなことも抜かしておった」

「ほほう。旦那はどうなさるおつもりで」

「娘たちを救う」

「例幣使のほうはどうなさる」

「放っておくしかあるまい」

「こいつは驚いた。中途で役目を投げだすおつもりでござんすか」

伝七は目を丸め、大仰に驚いてみせる。

「ここで連中に先んじられては、肝心の企てを見逃してしまう」

「肝心な企てとは」

「杉野屋は例幣使に荷を預けやしたね」

馬十疋ぶんの杉線香だ。

「それを、どこへ届けてほしいと」

「さあ、知らぬ」

八郎兵衛は表情も変えず、首を横に振る。

素姓のわからぬ相手に、何もかもはなす必要はない。

「嘘を言っちゃ困るな」

伝七は顔を曇らせた。

「仕方ありやせん。娘たちを救う手伝いをいたしやしょう。ただし、出立を明後日まで延ばしていただきてえ。松五郎たちの狙いを探ったうえで『洞窟』の場所も探りあてなきゃなりやせんからね」

「難しいな。例幣使どもは明朝の出立に向け、仕度を整えておるぞ」

「伊坂さまが梃子でも動かぬと仰れば、一行は出立できますまい」

この男、どこまでこちらの事情を知っているのだろうか。

疑心暗鬼の心を抱えたまま、八郎兵衛は本陣へ足を向けた。

八

出立を延ばす申し出をするまでもなく、一行は逗留を余儀なくされた。

その夜、上園求馬が本陣から抜けだしたのだ。

鷲尾為末宛《あ》ての置き文があり、本人の言う「拠所《よんどころ》ない事情」とやらが連綿と綴《つづ》られていた。

「あないな山出し娘に惚れおって、阿呆な男や」

為末に断り、文をみせてもらう。

おみわのことがどうしても忘れられず、今市に帰るといった内容が震えた筆跡で綴られてあった。

「首に綱付けてでも引っぱってこい」

さっそくふたりの使者が今市へ向かうこととなり、少なくとも明後日まではときを稼ぐ算段ができた。

八郎兵衛にとっては好都合なことであったが、丑三《うしみ》つ頃に妙なことが起こった。

「伊坂さま、伊坂さま」

誰かが襖障子の向こうで呼んでいる。

起きあがって枕元の刀に手を伸ばすと、襖が音もなく開いて人影が忍びこんできた。

すでに、誰かはわかっていた。

今市へ向かったはずの求馬が本陣に戻ってきたのだ。

膝を躙《にじ》りよせ、頭を垂れる。

「お休みのところ、申しわけございませぬ」

「どうしたのだ。今市へ走ったのではないのか」

「はい。伊坂さまに諭されたとおり、ここはすべてを捨ててでも自分の正直な気持ちにしたがうべきかとおもい、本陣を去ることにいたしました」

「待て。わしは諭したおぼえなどないぞ」

「いいえ。伊坂さまは仰いました。『抗って一行から抜けようともせず、おみわを捨てて宇都宮まで従いてきたではないか』と。さよう、そのおことばで、わたくしは自分に嘘を吐いておったことに気づいたのです。伊坂さまは、夢をあきらめるなとも仰いましたな」

「そんなことは言っておらぬ。どうせ、いっしょになってもろくなことはない。おみわをすっぱりあきらめろと言ったのだ」

「なるほど。厳しいことばでお諭しになりながらも、一方ではわたくしを鼓舞してくださったのですね。まことに、かたじけのう存じます」

　頭を下げられ、狐につままれたような顔になる。

だが、求馬はこちらの心情など意に介さず、勝手に喋りつづけた。

「わたくしは夜陰に乗じて本陣を抜けだし、街道を取って返しました。ところが、どうでしょう。これも神仏のお導きか、棒鼻を過ぎたところで愛しい人影をみつけました」

「おみわか」

「はい。どうしても、わたくしのことが忘れられず、すべてを捨てて旅仕度に身を固め、夜の街道をひたすら上ってきたのです」

「すべてを捨てて」

「はい。親も家も故郷も捨てるつもりで、わたくしを追ってきたのだそうです」

「やれやれ」

求馬はおみわをみつけ、小躍りした。

「山賊も山狗も恐くはない。わたくしへの恋慕が勝り、疲れも知らずに歩きつづけたのだとか。わたくしは泣きながら、おみわを抱いてやりました」

途中から聞いていられなくなってくる。

「うん、それで」

八郎兵衛が先を急がせると、求馬は悲しい顔をした。

「逸《はや》る気持ちを抑えて、おみわを木賃宿《きちんやど》に留めおき、わたくしはいったん本陣へ戻ってまいりました。鷲尾さまにだけは、きちんとご挨拶申しあげよう。そうおもったのですが、やはり、お会いする勇気が出ず、文をしたためて本陣を去りました。ところが、木賃宿へ戻ってみると、おみわがおりません。ほかの泊まり客に訊きますと、わたくしの使者と名乗る者がおみわを連れだしたと申します。しかも、その者は宿帳に『伊坂八郎兵衛』と綴っておりました。わたくしは驚きを禁じ得ず、ふたたびこうして本陣へ取って返してきたのでござります」

「使者がわしだとおもったのか」

「いいえ。されど、何か知っておられるのではないかと」

「案ずるな。名を騙《かた》った者はわかっておる」

「まことに」

伝七にまちがいあるまい。

「おみわは、無事なのでしょうか」

「たぶんな」

伝七はおみわという切り札を手にして、おもいどおりに事を進める腹なのだ。

求馬は目に涙を浮かべる。

「おみわの身に何かあれば、わたくしは生きておられません」

泣き虫め、勝手に死んじまえ。

胸の裡で悪態を吐きながらも、優しい声でなだめてやる。

「案ずるな。おみわは生きておる」

「では、どうすれば」

「どうもせぬさ。待っておれば、向こうから連絡《つなぎ》があるはずだ。ただし、おぬしはここにおってはいかん。棒鼻の木賃宿に身を隠しておれ。ほれ、路銀だ」

八郎兵衛は行李《こうり》に手を伸ばし、携えていた金を手渡す。

「おみわはかならず、おぬしのもとへ連れていく。わしを信じて待っておれ」

「はい」

そのあとふたりがどうなろうと、知ったことではない。

ともあれ、面倒臭いことになった。

九

八つ頃、伝七から連絡があった。

大谷寺《おおやじ》まで参られよという。

地の者によれば、北西に聳える多気山《たげさん》をめざして二里ほど歩けば着くらしい。

夕陽に向かってひなげしの咲く道をたどり、なかなか近づかない山をめざす。

大谷寺は空海によって開かれた古刹《こさつ》だった。本尊の千手観音《せんじゆかんのん》像は高さ二間強、約一千年前に彫られた磨崖仏《まがいぶつ》であるという。

いやがうえにも興味をそそられ、足早に道を稼いだ。

大谷寺は赤茶けた大谷石の岩山に囲まれていた。

あまり人が足を延ばさぬところらしく、八郎兵衛以外に人影はない。

磨崖仏の坐す洞穴は本堂の奥にあり、松明《たいまつ》を手にして侵入してみると内部は四窟に分かれ、赤茶けた壁面に十体の大きな仏像が彫られてあった。

一千年という時の重みが、名状し難い感動を呼びおこす。

洞穴の入口に戻ると、小柄な男が沈みかけた夕陽を背にしていた。

伝七だ。

不敵な笑みを浮かべている。

八郎兵衛は身に殺気を帯びつつ、大股でずんずん歩みよった。

「お待ちなせえ。あっしを斬るおつもりかい」

「斬られても文句は言えまい」

「おみわは無事でござんすよ」

「連れてきたのか」

「もちろん」

「どうして拐かした」

「木賃宿で見掛けたのさ。へへ、おみわを餌にすりゃ、旦那はこっちが訊きてえことにこたえてくれる。そう踏んでね」

「問いにこたえれば、無事に戻すのだな」

「戻さぬ道理はありやせぬ。へへ、さればまずは、杉野屋の荷をどこへ届けるのかお教え願いやしょうか」

「大奥だ」

八郎兵衛は面倒臭そうに吐きすてる。

伝七は痘痕面をゆがめてみせた。

「それは察しておりやした。大奥のどなたに届けるので」

「線香屋のやつ、年寄の浦尾とか抜かしておったな」

「これは意外。浦尾さまでござりましたか」

「何が意外なのだ」

伝七はこたえず、曖昧《あいまい》な笑みをこぼす。

「されば、ふたつ目の問いを。旦那はいってえ、どなたの御命で動いておられるのでやすか」

「誰の命でもないわ」

「へっ、まさか」

「まことだ。こうなったのも成り行きでな。下駄の鼻緒が切れた娘に請われて負ぶったのが、そもそものはじまりよ」

おみわと出会ってから例幣使の一行を救ったあたりの経緯《いきさつ》をはなすと、伝七は首をかしげた。

「信じがたいおはなしでやんすね。旦那はもしや、杉野屋から預けられた荷の正体をご存じないので」

「杉線香ではないのか」

「ふっ、まさか。おそらく、頼まれた例幣使のほうも薄々は勘づいているはず。そいつを知らぬが仏で通すつもりなんだ。荷の正体、お教えしやしょうか」

「どうでもよいわ」

「ほっ、さようで」

伝七は気が抜けたような顔になる。

「旦那は妙なおひとだ。敵か味方かさっぱりわからねえ。そのくせ、憎めねえ人のよさがある」

「わしのことはどうでもよい。おぬしは何者だ」

「お察しのとおり、七方出《しちほうで》を得手とする隠密でござんすよ。ただし、御命は寺社奉行さまから発せられたものじゃござんせん。もっと上の御命で動いておりやす」

寺社奉行の上となれば、老中か若年寄しか考えられぬ。

いったい、この男は杉野屋の何を調べているのだろう。

「今はこれ以上、喋ることができやせん」

「さようか。まあよい。おみわを寄こせ」

「お約束でやすからね。『洞窟』に軟禁された娘たちも救ってやるのでござんしょう」

「案内してもらおう」

「へへ、焦りは禁物。松五郎の乾分《こぶん》どもが、うじゃうじゃおりやすよ」

「かまわぬ。束にまとめて三途《さんず》の川《かわ》におくってやる」

「されば、お手並み拝見とめえりやしょう」

山門から外へ出ると、伝七は先に立って裏山へ向かった。

すでに陽は落ち、あたりは薄暗い。

藪のなかへ分けいり、道なき道をしばらく歩いた。

四半刻ほど進み、伝七は足を止める。

「ほら、あれを」

半町ほどさきの高台に、篝火《かがりび》がみえた。

篝火の後ろに、洞窟が口を開けている。

「あのなかに娘たちはおるのか」

「たぶん、おりやすよ。入口の見張りはひとりでやすが、十人ほどの乾分が周囲をうろついておりやす」

「行かでかい」

八郎兵衛は赤茶けた大谷石に爪《つめ》を立て、猿のように登りはじめる。

伝七は影のようにしたがったが、いつのまにかどこかへ消えた。

目と鼻のさきに篝火が揺れ、山賤《やまがつ》のごとき風体《ふうてい》の見張りがいる。

突如、その見張りが首を押さえて倒れた。

近づいてみると、首筋に毒の塗られた矢が刺さっている。

「吹き矢か」

伝七の仕業だ。

ほかに人影がないのを確信し、洞窟のなかへ侵入した。

むっとする。

湿気が凄《すご》い。

しかも、白い煙が濛々《もうもう》とたちこめている。

おもわず、咳きこんでしまった。

地べたは、百目蠟燭に照らされている。

――うう、うう……。

煙の向こうから、人とも獣ともつかぬ呻《うめ》きが聞こえてきた。

手拭《てぬぐ》いで鼻と口を覆い、声のするほうへ進む。

頭が次第に朦朧《もうろう》としてくる。

忽然と、煙の正体がわかった。

「阿片《アヘン》か」

媚薬《びやく》と説かれ、怪しい薬屋に嗅《か》がされたことがある。

何度も吸うと癖になり、やがて手放せなくなる。

阿片を手に入れるためなら盗みでも殺しでもやるようになり、気づいたときには体も心も蝕《むしば》まれている。それが煙の正体だ。

「くそっ」

半裸の娘たちが、とろんとした目で煙管を喫っていた。

動くこともままならず、なかば死んだも同然の姿態だ。

「ひでえもんだぜ」

伝七が後ろに立っていた。

「自力で歩くこともできめえ。あれでも、お助けになるので」

「あたりまえだ」

「そうくるだろうとおもってね、杣道《そまみち》の入口に大八車を用意しておきやした。おみわもそこにおりやす」

「さようか」

おみわにも手伝わせ、五人の娘を大八車に乗せて運ぶのだ。

段取りを決めると、伝七がふっと笑った。

「そのめえに、ひと仕事ありやすぜ」

洞穴の入口が騒がしい。

屑《くず》どもが異変を察し、集まってきたのだ。

「すわっ」

八郎兵衛は駈けだした。

洞穴から躍りだすと、白刃を抜いた連中が待ちかまえている。

「来やがった、密偵め」

誤解している莫迦は、ぜんぶで八人。

八郎兵衛は瞬時に、棺桶《かんおけ》の数を勘定する。

破落戸どものなかには、鬢の細い鼬面もいた。
屍骸を蹴った男だ。
めらめらと、殺意が湧いてくる。
乾分どもが娘たちにした仕打ちは、想像するのも穢《けが》らわしい。
悪党は悪党なりの報いを受けねばなるまい。
「相手はひとりだ。叩っ斬れ」
町では恐がられる連中かもしれぬ。
だが、八郎兵衛の敵ではない。
ひとり目の首を派手に飛ばすや、破落戸どもはうろたえた。
それでも、逃げはしない。
数で勝るとおもっている。
「死ね」
突きかかってきたふたり目の小手《こて》を落とし、三人目は脾腹《ひばら》を掻く。
四人目を逆袈裟に斬ったところで、さすがに斬れ味は鈍ってきた。
が、布で拭《ふ》く暇もない。
五人目の巨漢はからだごとぶつかり、腹を刺しつらぬく。

「うぬっ」

巨漢の分厚い腹から、刀が抜けなくなった。

「今だ、殺《や》っちまえ」

鼬面が背中を斬りつけてくる。

「くっ」

浅傷《あさで》を負った。

咄嗟《とっさ》に巨漢の脇差を抜き、六人目の喉笛を裂く。

「ひぇっ」

あとふたり。

ひとりが背を向けて逃げだした。

背中をめがけ、脇差を投げつける。

「ぬげっ」

もはや、手に刀はない。

残ったひとりは鼬面だ。

「死にさらせ」

段平《だんびら》を振りあげ、前歯を剝《む》いて斬りつけてくる。

これを楽々と躱《かわ》し、首に右腕を巻きつけた。

背後にまわりこみ、力任せに首を捻ってやる。

――ごきっ。

鈍い音のあとに、鼬面は倒れていった。

「お見事」

伝七が拍手しながらやってくる。

「ふふ、百人斬りの噂は、まんざら嘘でもねえらしい」

八郎兵衛は洞穴に戻り、娘をひとりずつ背負って運びだした。

杣道の入口では、おみわが暗がりに隠れて待ちかまえていた。

事情を説かれていたらしく、娘たちを目にしても動揺しない。

「伊坂さま、いろいろご迷惑をお掛けいたしました」

殊勝な態度で謝られると、叱る気も失《う》せてしまう。

「棒鼻の木賃宿は知っておるな」

「はい」

「好いた男に逢えるぞ」

「……あ、ありがとうございます」

「おぬしら、いっしょになってどうする」

「江戸へまいります。ふたりで、そう決めました」

「親のことはよいのか」

「杉野屋嘉右衛門は父親でも何でもない。あのひとは娘のことなんざ、商売の道具程度にしかおもっちゃいないんです。だから、いっそ清々《せいせい》した気持ちで家も故郷も捨てられる。求馬さまときっと、しあわせになってみせます。伊坂さま、ご心配にはおよびませぬ。先立つものも、ほらここに」

おみわは恥じらいもせずに着物をたくしあげ、胴巻きをみせてくれる。

「十両ござります。お内証《ないしょ》からお借りしました」

「借りたのではなく、盗んだのであろう」

「手切れ金にござります。おとっつあんには、心底愛想《あいそ》が尽きました。うふふ、捕まれば打ち首は免れませんね」

屈託のない笑みを浮かべるおみわが、何やら逞《たくま》しくみえた。

十

八郎兵衛たちは娘たちの乗った大八車を牽《ひ》き、二里の道程《みちのり》を取って返した。

棒鼻の木賃宿で名残《なごり》惜しげなおみわと別れ、求馬との再会をみることもなく城へ向かう。

「任せておけ」

伝七は胸を叩くだけあって、藩のしかるべき筋にはなしを通していた。

藩では神隠しの届け出を受理しているので、娘たちの身元を確認してから親元へ戻す手続きが要る。それよりも何よりも、阿片中毒から脱するための治療を受けねばならない。藩としては、拐かされた娘たちが阿片を吸わされていたと世間に知れれば大騒ぎになるので、一連の出来事をしばらくは秘匿しておく心積もりのようだった。

「詮方あるまい」

秘密がおおやけになっても、誰ひとり得をする者はいないのだ。

八郎兵衛は伝七のやり方に文句を挟む気はなかった。

が、松五郎だけは許しておけない。

悪党の背後に蠢《うごめ》く黒幕の正体も摑んでおきたかった。

娘たちを届けたあと、八郎兵衛は伝七とともに材木町をめざした。

大路に面した一等地に、松五郎は店を構えている。

「旦那の気の済むようにすりゃいいとおもい、藩には黙っておいたのさ」

それだけは感謝すると言いたかった。

松五郎のごとき悪党は、鱠《なます》に刻んでやらねばならぬ。

伝七が笑いかけてきた。

「旦那とは気心の知れた仲になった。あっしが誰かはまだ言えねえが、阿片を追ってるってことだけは教えておきやしょう」

去年の暮れ、日本海の粟島《あわしま》沖で一隻《せき》の英国商船が座礁した。正確に言えば難破船で、船員はひとり残らず死に絶えており、荷だけが積まれていた。荷のなかには大量の阿片がふくまれていたにもかかわらず、佐渡奉行配下の役人が調べにはいったときには数袋だけ残して消えていた。

幕閣でも数人しか知らぬ秘密を、伝七は淡々と喋った。

「そいつを盗んだのが、杉野屋嘉右衛門こと徳俵の嘉平じゃねえかって、あっしは睨んでおりやしてね。こいつだけは誰にも喋っちゃいねえことなんだ」

「嘉右衛門が荷を盗んだ証拠でもあるのか」

「これでやんすよ」

伝七は袖の内から線香を一本取りだす。

「こいつは例幣使の荷から盗んできたやつで」

「杉線香がどうした」

「火をつけりゃ、すぐにわかりやす」

伝七は燧石《ひうちいし》を叩いて火をつくり、線香を灯す。

煙がゆらゆらと立ちのぼった。

「ん」

「おわかりでやしょう」

「阿片か」

「ご名答。あっしに御命を下された方は、とある寺に代参におもむいた御三家の奥女中たちがことごとく悶死した一件を調べておりやした。そこで、阿片に行きついたってなわけで。すでに、白い粉は江戸に出まわりはじめておりやす。しかも、出元は江戸城大奥」

大掛かりなからくりを披露されても、深く関わるつもりはない。

ただ、江戸の町が白い粉に蝕まれていくことだけは阻止したかった。

「旦那をお味方と見込んではなしやした。でも、それだけじゃねえ。旦那が六年前に幕臣をやめた理由を知りやしてね。ご朋輩の不正を見逃すことができずに斬っちまったんでやしょう。しかも、斬った自分が許せずに、役目も家も捨てた。今どき、そんなおひとはおりやせんぜ」

「褒めておるのか」

「呆《あき》れているんでやすよ。へへ、そんな旦那なら、秘密を打ちあけてもかまわねえとおもいやしてね。これだけの秘密を抱えこんでいるのも辛くなったもんだから」

「勝手に喋ってりゃいいさ」

伝七は心強い味方になってくれるかもしれぬと、八郎兵衛はおもった。

「さあ、着きやしたよ」

松五郎の店周辺は、閑散としていた。

表口は閉まっており、裏へまわってみる。

勝手口は開いていた。

一歩踏みこむ。

「げっ」

異臭に鼻をつかれた。

廊下の端から三和土《たたき》に血が垂れている。

八郎兵衛と伝七は黙って跫音を忍ばせた。

乾分どもの屍骸が転がっている。

いずれも刀で斬られていた。

障子の破れた部屋を覗いた。

「あっ、松五郎だ」

死んでいる。

床の間の柱に背をもたれさせ、二重顎の肥えた顔をこちらに向けていた。

額のまんなかに大きな風穴が空いている。

「筒で撃たれやがったな。こいつは口封じだ」

「長居は無用だぞ」

「へい」

ふたりは踵を返し、勝手口から外へ出る。

八郎兵衛は問うた。

「伝七よ、下手人に心当たりは」

「あっしが想像する相手だとすりゃ、とんでもねえのを敵にまわしたことになりやす」

「そいつは誰だ」

伝七は、ごくんと空唾《からつば》を呑んだ。

——ぱん。

乾いた筒音が響く。

と同時に、伝七のからだが弾けとんだ。

「くっ」

八郎兵衛は身を伏せる。

目の前には、驚いたままことされた伝七の顔があった。

額のまんなかに、風穴が空いている。

八郎兵衛は手を伸ばし、瞼を閉じてやった。

耳を澄ます。

何も聞こえてこない。

硝煙の臭《にお》いもしない。

刺客が潜んでいるとすれば、風下だ。

ひい、ふう、み。

「それっ」

がばっと起きあがり、背後に向かって走りだす。

筒音は二度と聞こえてこなかった。

得体《えたい》の知れない敵の気配から逃れ、本陣へ戻ってみると、こちらでもとんでもないことが起きていた。

従者も奉公人もみな薬で眠らされ、例幣使の鷲尾為末だけが丸裸の恰好で雁字《がんじ》搦《がら》めに縛られ、奥の座敷に転がされている。

「鷲尾さま」

八郎兵衛は駈けより、猿轡《さるぐつわ》を解いてやった。

為末は激しく咳きこみ、涙目で訴える。

「何もかも盗まれた。千両箱も預かった荷も何もかも」

「落ちつきなされ」

「これが落ちついてなどおられようか。黒頭巾《くろずきん》の暴漢どもに、何もかも奪われたのじゃぞ」

「命があっただけでも幸運だったとおもいなされ」

「何を。役立たずめ、おぬしは防のくせにどこにおった」

弁明の余地もない。

例幣使を襲ったのは、松五郎と伝七を葬った連中にちがいない。

縄を解いてやり、挟み箱に納めてあった着物を羽織らせる。

為末は声を震わせた。

「出ていけ。おぬしの顔など、みとうもないわ」

望むところだ。

もはや、例幣使などに用はない。

「京へ無事にたどりつけることを祈っておりますぞ」

皮肉を言ってやると、為末はおんおん泣きはじめる。

八郎兵衛は、言いようのない虚《むな》しさを感じた。

せめてもの救いは、求馬を一行から離れさせたことだ。

おみわも悪党とおぼしき父親に見切りをつけた。

ふたりがともに手を携え、江戸で幸福になることを祈るしかなかった。

岩藤成敗《いわふじせいばい》

一

江戸城大奥、千鳥ノ間。

毛並みも鮮やかな黒猫が床の間で毛繕《けづくろ》いをしている。

「梅雨《つゆ》入りか」

坪庭に咲く紫陽花《あじさい》を眺め、大奥御年寄の浦尾は苦々しげに吐きすてた。

「あの紫陽花、松島《まつしま》の首にみえるぞえ」

大団扇《おおうちわ》をそよがせる部屋子が、ぎょっとして手を止める。

「ええい、鬱陶しい。扇《あお》ぐのじゃ。蒸し暑うてかなわぬ」

浦尾は怒鳴りあげ、銀煙管の雁首《がんくび》を煙草盆の縁に叩きつけた。

齢《よわい》は五十に近い。

海馬《とど》並みに肥えたからだに、茶屋染めの麻布《まふ》を纏《まと》っている。

眉間に縦皺をつくって凄《すご》む様子は、吉原遊廓の大見世を仕切る花車《かしゃ》（女将）のようだ。

「滝川《たきがわ》はおらぬか。表使《おもてづかい》の滝川を呼べ」

入側《いりかわ》に控える部屋子が急いでいなくなる。

入れ替わりに、菓子を載せた朱塗りの台と煎茶《せんちゃ》が運ばれてきた。

「御間《あい》のものをお持ちしました」

「おう、八つ刻か。ほれ、たま。おやつぞえ」

「なあご」

肥えた黒猫は返事をし、自分のために用意された煮干しを食べにくる。

「ほんにおまえは呑気《のんき》でよいなあ」

浦尾はにこりともせずに煎茶を啜《すす》る。

片はずしに結った髪の生え際を指で掻き、その指で羊羹《ようかん》の欠片《かけら》を摘《つま》んで口に抛《ほう》りこんだ。

男子禁制の大奥にあって絶大な権勢を誇るのは、将軍の御母堂でも御台所《みだいどころ》でもない。

御用掛かりを勤める筆頭御年寄であった。

表の老中首座に相当し、ひとたび城を出れば十万石の大名と同格にあつかわれ、中小大名は道を譲らねばならない。二千人とも言われる奥女中の頂点に君臨し、金銭の出納《すいとう》から閨《ねや》の手配りまで諸事万端を仕切る。有職故実《ゆうそくこじつ》に精通し、知性と品格をあわせもち、人心の掌握にも長けている人物でなければならないとされた。

表向きはそうした条件を満たし、幕閣の御歴々からも「今太閤」と囁《ささや》かれる御年寄こそ、浦尾にほかならない。

市井《しせい》から御端下《おはした》として奥入りし、めきめきと頭角をあらわして合《あい》の間になった。そののち、前将軍家斉《いえなり》の御台所の目に止まって引きたてられ、あれよあれよというまに出世を果たした。それゆえ、太閤秀吉にあやかった綽名《あだな》をつけられたのだ。

もちろん、才能や運だけで出世できるほど、大奥は甘くはない。

出世するためには「一引、二運、三器量」とあるように、上級の奥女中に引きたててもらう必要があった。

そのためには金がいる。出世と切り離せぬものは何といっても金だ。

浦尾は「打ち出の小槌《こづち》を持っている」と噂されていた。

算勘に優れ、金を殖《ふ》やす能力にかけては天性のものを携《たずさ》えている。

大奥でひとたび金と権力を手にすれば、閻魔大王《えんまだいおう》でもかなうまい。

文字どおり、浦尾は誰もが羨む地位を保持しているにもかかわらず、何やら不満を抱えているようだ。

「どいつもこいつも役立たずばかりじゃ」

腰元たちが罵倒《ばとう》されるなか、表使の滝川が入側にあらわれた。

滝川は容色に優れているばかりか、才の長けた奥女中だ。

出生は定かでない。低い身分の出であることは確かだ。

浦尾に気に入られて、誰よりも早く重い役に就いた。

表使は大変だが役得は多く、地代を稼げる町屋敷なども拝領できる。滝川にとって引きあげてくれた浦尾の命はぜったいだった。大奥内では「浦尾の分身」とまで囁かれている。

滝川は床に両手をついた。

「浦尾さま、お呼びにござりましょうか」

「遅い。椎茸髱《しいたけたぼ》が乱れておるぞ。まさか、居眠りしておったのではあるまいな」

「……め、滅相もござりませぬ。七つ口で商人どもの荷を検《あらた》めておりました」

「くだらぬことにかまけおって。杉野屋の荷を奪ったやつらはどうなった。みつかったのか」

「御広敷束《おひろしき》ねの羽鳥陣内《はとりじんない》どのに申しつけ、随時、調べさせております」

「それで、何かわかったのか」

「例幣使の防に雇われた浪人者がひとりおりました。その者がこたびの件に深く関わっているのではないかと」

「陣内が申したのか」

「はい。ただし、それは荷を奪われた杉野屋自身の推察にござります」

滝川はことばを切り、上目遣いに浦尾をみた。

「お人払いをせずともよろしゅうござりますか」

「よい。部屋方はみな一蓮托生《いちれんたくしょう》じゃ」

「されば申しあげます。じつは、大谷磨崖仏の洞穴で松五郎一家の乾分たちを斬ったのも、その浪人であったとか」

「何じゃと、まことかそれは」

「はい。杉野屋は松五郎に命じて、例のものの効き目を験《ため》させておりました。それを嗅ぎつけて松五郎たちを葬ったのは浪人にほかならず、例幣使を縛りつけて馬十疋ぶんの荷を奪ったのもそやつの仕業ではないかと、杉野屋めは申しております」

「して、浪人の素姓は」

「はっきりいたしませぬが、南町奉行所の元隠密廻りではないかと、羽鳥どのは申しておりました」

「元隠密廻りか。怪しいな。そやつの姓名は」

「伊坂八郎兵衛にござります。宇都宮で例幣使の一行から離れたのちの足取りは、まだ摑《つか》んでおりませぬ」

浦尾は目を細めた。

「家の者がおろう」

「と、仰いますと」

「江戸に戻ってくるとしたら、親兄弟と連絡を取るやもしれぬ。先まわりして網を張っておけ」

「かしこまりました。羽鳥どのにお伝えいたします」

「ふむ、そうせい。どうせ、伊坂とか申す者の後ろ盾は松島じゃ。あやつが裏で糸を引いておるに相違ない」

「西ノ丸御年寄の松島さまに通じておるとすれば、荷の行方《ゆくえ》が気に掛かりまする。あれが松島さまの手にはいれば厄介なことに」

「他人事《ひとごと》のように抜かすのう。滝川よ、厄介事の種を蒔いたのはおぬしではないか。大奥を牛耳るには金が要る。されど、金で動かぬ者もなかにはおる。そうした者も意のままに操ることのできる妙案があると抜かしたな。いいや、大奥のみならず、頭の固い幕閣の連中をも恭順させるもの。それさえ手にできれば、未来永劫《えいごう》、わらわの権勢は盤石《ばんじゃく》なものになろうと、おぬしは胸を張った。よもや、忘れたとは言わせぬぞ」

「しかとおぼえております」

「にもかかわらず、このていたらくは何じゃ。線香屋の面をかぶった悪党とつるみ、例幣使を巻きこんで大奥へ荷を運ばせる。そうした浅知恵を捻りだしたのも、ぜんぶおぬしじゃ。賢《さか》しらげな面をしおって、何から何まで裏目に出たではないか」

「いまだ例のものが敵方の手に渡ったとはかぎりませぬ。杉野屋は例のものをほかにも秘匿してござります。まずは、一刻も早くそれを買いとることが先決。ともあれ、焦りは禁物かと」

「なんじゃと、もういっぺん言うてみい」

浦尾は襟をはだけ、がばっと立ちあがる。

驚いた黒猫のたまが、首の鈴を鳴らしながら消えた。

「焦りは禁物とな。誰にものを言うておる」

浦尾は殺気を帯びて畳を滑り、裾を捲《まく》るや、滝川を入側の向こうに蹴落とした。

部屋子たちは息を呑む。

雨音に混じって、浦尾の怒声が轟《とどろ》いた。

「誰ぞ、草履を。革草履を持て」

すかさず身を寄せた部屋子から草履を片方だけ奪いとり、浦尾は裸足で庭へ下りていった。

そこには、髪や着物を濡らした滝川が俯している。

浦尾は身を寄せ、眦《まなじり》を吊りあげた。

「ふん、いつのまにやら偉うなりよって。こやつ、わらわに意見しよったわ」

滝川は俯した姿勢で首を捻り、必死に許しを請うた。

「そんなつもりはござりませぬ。どうか、どうかお許しを」

「いいや、許さぬ。ほれ、言い訳せぬか。せぬなら、こうしてくれる」

浦尾は草履を高々と掲げ、力任せに振りおろした。

――ぺしゃっ。

滝川は額を押さえ、浦尾の足許に平伏《ひれふ》す。

「お許しを、どうかお許しを」

「うるさい、黙れ」

しばらくのあいだ、草履打ちはつづいた。

あまりの仕打ちに驚き、腰元たちが止めようとする。

浦尾は草履を掲げたまま、鬼の形相で振りむいた。

「寄ったら、おまえがたも同類じゃ」

「ひっ」

恐怖に縮みあがり、止めようとする者もいない。

誰もが弥生興行で上演された『鏡山旧錦絵《かがみやまこきょうのにしきえ》』の草履打ちを想起していた。

もはや、浦尾は岩藤と化している。

「たわけめ」

草履をぽいと抛《ほう》り、振り乱した髪で庭の隅に進む。

「滝川よ、松島の首を獲ってまいれ」

野太い声で吐きすてるや、浦尾は紫陽花を引きちぎった。

二

雨音に混じって、芝居町の喧噪が伝わってくる。
八郎兵衛は懐かしい芳町の蔭間茶屋『橘屋』に戻っていた。
朝寝坊の褥《しとね》から身を起こし、ひとつ大きく伸びをする。
定吉がみはからったように、煎茶を運んできてくれた。
「旦那、はいお茶」
苦い茶に活を入れられ、宿酔いの頭が冴えわたる。
定吉の心遣いが嬉しかった。
他人の親切に触れると、生きているのも悪くないとおもえてくる。
「あのふたり……」
おみわと求馬は、ちゃんと暮らしているだろうか。
すでに、宇都宮から戻って半月余り経っていた。
捜しだしてまで世話を焼く気はないが、ふたりの行く末が案じられる。
いや、杞憂《きゆう》というものだろう。

すべてを捨てていっしょになるだけの覚悟と若さがあれば、どのような困難も乗りきっていけるにちがいない。

そのうちに子を授かり、家族も増えることだろう。

「家族か」

口にするのを避けていたことばを噛みしめ、しんみりとしてしまう。

八郎兵衛にも家族はあった。

町奉行所の同心だった厳格な父と慈愛に溢れた母、それから弟のことをいつも案じていた心配性の姉がいる。

三人に迷惑を掛けまいと籍を抜いてもらい、六年前に江戸を出奔した。

その選択が正しかったのかどうか、折に触れて考えてきた。

道を誤った朋輩を斬り、斬った理由を世間に知られぬためには、身分も名も捨てて道心者《どうしんもの》となり、誰も知らぬ土地へ旅立たねばならなかった。何よりも家族を捨てることは悲しかったが、捨てられたほうはもっと悲しかったにちがいない。やりきれないおもいを抱えたまま、耐えつづけねばならなかったであろう。

捨てられた側の身になって考えることなどできなかった。

今までずっと、思い出すことを拒みつづけてきたのだ。

が、こうしてまた江戸へ戻ってきた。

許しを請いたいと、心のどこかでおもっている。

ひとことでいい。謝りたかった。

定吉が茶を淹《い》れかえ、そっと囁きかけてくる。

「旦那の寝言を聞いちまった。姉上、姉上って繰りかえしていたよ」

「ふうん、そうか」

いつも朝方になってみる夢に姉の茜《あかね》が出てくる。

からだにだけは気をつけて、気が向いたら便りのひとつも出してほしいと涙ながらに訴え、なけなしの路銀を持たせてくれた。六年前、打飼いひとつ背負って江戸を旅立つ日の朝、おもいがけず見送りにきてくれた姉の顔がいつも夢に出てくるのだ。

「くそっ」

八郎兵衛は首を振り、煎茶を喉に流しこむ。

そこへ、予期せぬ人物が訪ねてきた。

「金四郎《きんしろう》さんだよ」

取りついだ定吉に告げられ、ぎくりとする。

どうせまた、厄介事を持ちこんできたにちがいない。

定吉も蔭間茶屋の連中も、金四郎が江戸の治安を司《つかさど》る町奉行とは知らない。八郎兵衛は知っているので、大小を腰に差し、居ずまいを正して出迎えた。

三

金四郎は遊び人の風体で、人懐こい丸顔を向けてくる。

「よう、久しぶりだな」

「ごぶさたしております」

「おっと、堅苦しい挨拶はよしてくれ。蔭間たちが妙におもうぜ。へへ、ちょいと付きあってくんねえか」

しとしと降る雨のなか、連れていかれたさきは鎧《よろい》の渡《わた》しだった。

桟橋に屋根船が一艘《そう》待っている。

「あれに乗りゃ、誰にも邪魔されねえ。壁に耳あり障子に目ありだからな」

ふたりは屋根船に落ちついた。

屋根を伝って雨粒が落ちてくるものの、川は穏やかに流れている。

――ぎっ、ぎっ。

行く先を告げてもいないのに、頰被《ほっかぶ》りの船頭は艪《ろ》を操りはじめた。

金四郎配下の隠密廻りかもしれない。

ふと、川岸に咲く杜若《かきつばた》が目に飛びこんできた。

「へへ、花を愛《め》でてる暇はねえんだ」

金四郎はそう言い、障子をすっと閉めた。

目のまえには酒肴の膳が仕度されている。

「色気はねえが、まあ一杯」

拒む理由もないので、注がれた冷や酒をひと息に呷る。

「へへ、酒にはじまり酒に終わる。呑んだくれの風来坊が羨ましいや。ところで、例幣使のお供はどうだった。気骨が折れやしなかったかい」

「ご存じなのですか」

「おめえのことは何だって知っているぜ。鷲尾為末があれからどうなったか、教えてやろうか。金幣を只同然で江戸の連中に配り、頭を丸めちまったぜ。二度と例幣使を押しつけられねえように出家しちまったらしい。へへ、よっぽど懲りたんだな。これ以上欲を掻いたら命はないものとおもえ。杉線香を奪った連中から、おおかた、そんなふうに脅されたんだろうよ」

金四郎は何もかも知っている。

八郎兵衛は訝《いぶか》しんだ。

「妙な顔をするない。おれが知ってても不思議なことはねえ。鉛弾《なまりだま》を喰らって死んだ伝七はな、おれの手下《てか》だった」

「えっ」

「使える男でな、上から相談されて推挙したのさ。伝七は偉《えれ》えお方から直々に密命を下され、そいつを意気に感じて動いた。偉えお方が誰だか知りてえかい。ご老中の土井大炊頭さまさ」

びっくりして、ことばも忘れた。

金四郎は悲しげな顔になり、酒を注いでくる。

「おれが推挙しなけりゃ、伝七は死なずに済んだ。くそっ、あいつにゃ年寄りのおっかさんがいる。立派に死んだと告げるのはおれの役目だが、まだ果たせていねえ。胸が痛《いて》えぜ」

注がれた酒の味すらわからなかった。

「伝七は早《はえ》え時期から、おめえの素姓をあらかた承知していた。うっかり近づくと命はねえぞと冗談半分に忠告してやったもんだから、慎重に間合いをはかっていたようだ。やつはこれからってときに殺られちまった。おかげで探索の糸はぷっつり切れたってわけだ」

伝七は役目をまっとうできずに死んだ。さぞかし口惜しかろうというおもいが、八郎兵衛の顔を曇らせる。

「いったい、何の探索でござるか」

「知れたことさ。阿片だよ」

金四郎は盃を呷り、淡々と事情を語りはじめた。

「おれたちはな、難破船から阿片をごっそり盗んだ悪党を追っていた。杉野屋さ。きっかけになったのは本所《ほんじょ》の青雲寺《せいうんじ》だ。代参で羽を伸ばしていた尾張《おわり》藩の奥女中たちが宿坊で変死を遂げた。寺社奉行の戸田日向守さまに助っ人を頼まれ、寺の連中を調べていくと阿片にいきついた。出入りの線香屋がいてな、住職を誑《たら》しこんで阿片の効果を験していやがった」

「線香屋とは杉野屋でござるか」

「名を変えていたが、そうにちげえねえ」

わかっているのなら、なぜ捕まえぬ。

怒った顔を向けると、金四郎は自嘲《じちょう》した。

「泳がしておけってのが大炊頭さまの御命でな。杉野屋と通じているやつを引っぱりだすまでは、こっちも下手《へた》に動けねえ。そこでだ、伝七からも訊かれたとおもうが、例幣使の預かった荷の届け先を教えてくれ」

「大奥御年寄、浦尾と聞きましたが」

「ほう、これはまた、とんでもねえ大物が出てきやがった」

　金四郎は唇もとを舐めた。

「浦尾さまは西ノ丸御年寄の松島さまと権勢を争っている。荷を奪ったのは松島さまの配下かもな」

「なぜ、そうおもわれる」

「松島さまが根来衆《ねごろ》を手懐けているると聞いたことがあるからさ。伝七も松五郎も、額のまんなかに風穴を空けられていたそうじゃねえか。それだけの技倆《うで》がある鉄砲撃ちはざらにゃいねえ」

　なるほど、根来衆ならそれだけの技倆を持った者はいよう。

「ともあれ、この一件はどうにかしなくちゃならねえ。阿片が江戸じゅうに蔓延《まんえん》するめえに止めるんだ。おめえにも働いてもらうぜ」

　それはできぬと言いかけ、ぐっと睨みつけてやる。

「その目、恐《こえ》えな」

「奥州探索で裏切られたこと、まだ忘れたわけではありませぬ」

「謝ったじゃねえか」

半年余り前、八郎兵衛は百足《むかで》の陣五郎《じんごろう》なる兇悪《きょうあく》な盗人を追って、奥州最北端の恐山《おそれざん》までおもむいた。だが、探索の裏には、津軽家の取りつぶしをもくろむ水野《みずの》越前守《えちぜんのかみ》忠邦《ただくに》の野望が隠されていた。金四郎は秘密を知っていたにもかかわらず、危うい探索をつづけさせた。それを裏切りと受けとった八郎兵衛から、一時は首を狙われたのだ。

命拾いしたのは、金四郎の憎めない性分のおかげだった。

「そういや、陣五郎のときも阿片が絡《から》んでいやがったな。でもよ、あれはもう済んだはなしだ。いつまでも根に持つなよ。長生きできねえぜ」

「長生きする気など、さらさらござらぬ」

「まあ、そう言うねえ。ともかく、おめえが嫌だと言っても、敵さんは放っちゃおくめえよ。覚悟しておくんだな。さ、呑め」

金四郎はにっこり笑い、障子を開けはなつ。

雨は熄《や》み、船はいつのまにか大川の墨堤に沿って遡上していた。

四

日本橋本町三丁目は薬種問屋が軒を並べるところだ。

歩いてみると、薬草のにおいがする。

八郎兵衛は定吉に導かれ、大路へやってきた。

とろり乃介も四角い顔で従《つ》いてくる。

「生涯で一番の日なんだよ」

定吉は興奮気味に言い、沿道を埋める野次馬を掻きわけた。

最前列に押しでてみると、小窓の付いた網代駕籠《あじろかご》が一挺止まっている。

身分の高い武家の娘が乗る駕籠で、陸尺《ろくしゃく》や挟み箱持ちや合羽籠《かっぱかご》持ちにくわえて、供人らしき月代侍も二名控えていた。表口には紋付袴《はかま》の主人と留袖の内儀《ないぎ》、何やら目頭を赤くした奉公人たちがずらりと並んでいる。

箱入り娘の嫁入りかとおもいきや、そうではないらしい。

「奥入りだよ」

と、貝髷の下女が物知り顔で囁いた。

薬種問屋は『天満屋《てんまや》』といい、親が目に入れても痛くないと自慢するひとり娘はおまんという。

日本橋一の小町娘として知られ、以前から奥入りの噂はあった。

身分の高い大奥の御女中が代参のついでに中村座の弥生興行を観にきたとき、たまさか目に止めたらしい。

さっそく、大奥から打診があった。

奥女中となって城にあがるのは町娘の夢だ。

数年勤めて戻ったときは引く手あまた、良い縁談が待っている。

ただし、奥勤めは甘くない。表向きの華やかさとはほど遠く、水汲《みずく》みなどのきつい仕事からはじめねばならない。

おまんはしかし、恵まれていた。

いったん三千石取りの旗本の養女となり、御三の間として奥入りする。

御三の間は御台所の居間掃除や湯水の運搬のほか身分の高い奥女中の雑用を担う。御目見得《おめみえ》以下だが、下には御広敷《おひろしき》や御仲居や御火の番や御末《おすえ》などがあり、催しの際は芸などを披露する機会も与えられる。奥女中にとって出世の足掛かりとなる役目ともみなされており、通常ならば町娘がすぐに就ける役ではなかった。

「これもすべて引いてくれたお方のおかげ。ことによったら、公方《くぼう》さまのお目に止まるかもしれぬぞ」

と、使者に囁かれ、天満屋は有頂天になった。

大奥と結びつけば、店の繁栄は保証されたも同然だ。

「おまんは福をもたらしてくれた」

父親は大喜びで縁者を集め、料理茶屋を貸切にするほどの宴まで催した。

本来、商人が金に飽かせて奢侈《しゃし》に走ったり、派手に祝うことを幕府は嫌う。

今日のような演出も御法度《ごはっと》とされていたが、そこは金持ちだけあって役人に目を瞑《つむ》ってもらう術《すべ》を心得ている。袖の下をたっぷり使ったので、沿道に野次馬が群がっても町奉行所の役人たちはみてみぬふりをした。

表口がざわめき、娘のおまんが豪勢な振袖姿であらわれる。

「ほう、こりゃすごい」

八郎兵衛は息を吞んだ。

野次馬たちも呆気に取られている。

沿道が溜息と歓声に包まれるなか、定吉がぽつんと漏らした。

「……姉《あね》さん」

八郎兵衛は聞きのがさない。

「まさか、あれがおぬしの姉なのか」

「はい」

定吉は胸を張る。

両親の顔も知らずに育った姉弟《きょうだい》は、幼い頃に宮地芝居の一座に拾われた。

おまんは七つで、定吉が五つのときだ。

芝居見物に来ていた天満屋の内儀がおまんを養女にしたいと望み、一座の座頭にいくばくかの金を払った。子を望んでもできない内儀は、ずっと以前から養女にする娘を捜していたのだ。

一方、定吉は姉と別れて旅回りの一座に残らねばならなかった。その一座も数年後に消えてなくなり、定吉は稼ぎを求めて野州や上州を転々としたあげく、江戸に来て芳町の蔭間茶屋に落ちついた。

姉は日蔭者になった弟を案じ、芳町の小便臭い露地裏を何度も訪ねてくれた。

ところが、定吉は世間体を気遣って、大店の箱入り娘となった姉にはけっして逢わないと心に決めていた。

たしかに、蔭間の弟がいると知れたら、おまんの奥入りは消えていたかもしれない。

「だから、ほんとうは今日も来ちゃいけないとおもったけど、どうしても我慢できなかった。姉さんの門出だけは目に焼きつけておきたかったから」

溢れてくる涙のせいで、姉の晴れ姿も霞んでしまうにちがいない。

事情を知るとろり乃介は、かたわらでぽろぽろ涙をこぼしている。

おまんは育ての親や奉公人たちに挨拶を済ませ、駕籠の内へ消えた。

陸尺たちは担ぎ棒を持ちあげ、ゆっくり歩きだす。

沿道の見物人にとっては、日本橋のまんなかで花魁道中《おいらんどうちゅう》を眺めているようなものだった。

そのまま、三人の面前を通りすぎた駕籠が止まった。

どうしたわけか、後ろ向きで近づいてくる。

「あっ」

三人のまえで駕籠は止まり、ふいに小窓が開いた。

「定吉や、こっちへおいで」

小窓の向こうから、慈愛の籠もった声が囁く。

呼ばれて、定吉は酔《よ》い蟹《がに》のように身を寄せた。

小窓の隙間から、白魚のような指が差しだされる。

定吉に何かを手渡し、名残惜しげに指は引っこんだ。

「達者でね」

厳めしい供人に急《せ》かされて小窓は閉まり、何事もなかったように駕籠は動きだす。

肩を震わせる定吉の手には、三光稲荷《さんこういなり》のお守りが握られていた。

一流の女形をめざす弟の芸が上達するようにと、おまんはご利益《りやく》のあるお守りを長《は》谷川町《せがわちょう》の三光稲荷で求めた。そして、どんなに離れていても心はいつも繫がっていることを伝えてくれたのだ。

定吉は泣きたいほど嬉しかったにちがいない。

今日で別れてしまうふたりだが、八郎兵衛は羨ましかった。

かなわぬこととは知りつつも、姉に邂逅したいとおもった。

五

金四郎に「覚悟しておくんだな」と言われた意味をずっと考えていた。

厄介事から逃れるために江戸へ戻ってきたが、宇都宮から今市へ取ってかえし、杉野屋と対峙すべきであったかもしれない。悪事のからくりを聞きだし、罪深い所業を重ねる者たちに鉄鎚《てっつい》を下すことが正しい道なのだ。

それはわかっている。だが、事はあまりに入りくみすぎていた。背景には大奥内の権力争いもあり、敵はあまりに強大すぎる。

うじうじ考えても仕方ないときは、釣りにかぎる。

曇天のもと、八郎兵衛は釣り竿を担ぎ、行徳河岸《ぎょうとくがし》までやってきた。

流れの急な箱崎橋のたもとに釣り糸を垂れる。

そのつもりで土手道を歩いていると、微《かす》かに硝煙の臭いが漂ってきた。

――ぱん。

乾いた筒音が響いた。

鉛弾が鬢を掠《かす》め、後ろに佇む柳の幹に穴を空ける。

伏せるのをあきらめた。

二発目の筒音はしない。

風上に顔を向けると、ひょろ長い人影が近づいてきた。

顔色のどす黒い浪人風体の男だ。

目つきが刃物のように鋭い。

手に提げた長筒の筒口から、硝煙が立ちのぼっている。

「ふふ、みつけたぞ。鼠《ねずみ》にしてはでかいな。どこに隠れようと、わしの目から逃れることはできぬ」

八郎兵衛は顎を突きだす。

「わしに何の用だ」

「たいした用はない。一発で仕留めてもよかったが、それでは芸が無いのでな」

「おぬしが伝七を撃ったのか」

「そんな鼠もおったなあ」

男はとぼけた顔で言う。

八郎兵衛は声を荒らげた。

「誰に命じられた」

「それはこっちの問いよ。町奉行所の元隠密廻り、伊坂八郎兵衛。朋輩を斬って六年前に出奔。そののちは行方知れずとなったが、北国街道のどこかで見掛けた者もあったとか。そこまではわかったが、おぬしの飼い主がわからぬ」

「飼い主などおらぬわ」

「笑止な。おぬしが身分を捨てたのは、誰かの密命を帯びてのことであろう。出世か金か、あるいはその両方か。手柄を立てれば手にできるのであろうが。それ以外には考えられぬ」

「残念だったな。何ひとつしがらみはない。おぬしが邪推するような飼い主はおらぬ」

「ふん」

刺客は嘲笑《あざわら》う。

「ただの野良犬が例幣使の防に雇われるか。目途を遂げるべく、おぬしはわざと自分を売りこんだにちがいない」

「そうおもうのは勝手だが、何度訊かれてもこたえは同じだ」

「ほう。ならば、おぬしの双親《ふたおや》にでも訊いてみよう」

「何だと」

「どうした。うろたえおって。おぬしには隠居した父と母に、嫁いでいた姉がひとりおる。姉の名はたしか、茜《あかね》というたか。姉はおぬしのせいで離縁され、双親のもとへ出戻っておるぞ」

「何だと」

「ふふ、知らなんだのか」

刺客は勢いづき、八郎兵衛の弱みを剔《えぐ》ろうとする。

「同じ江戸に身を置きながら、双親や姉の消息も知らぬとはな。恩知らずなやつめ。もっとも、隠密とはそういうものよな。役目に生き、役目に死ぬ。哀れな生き物よ」

八郎兵衛は冷静さを失いかけていた。

「三人とも、六年前に縁の切れた者たちだ。もはや、関わりはない」

「ほう、双親と姉を捨てるのか。さればよ、三人がこの世から消えても禍根は残らぬというわけだな。教えといてやる。おぬしの双親と姉は本所吉田町の源兵衛店《げんべえだな》でみじめに暮らしておるぞ」

八郎兵衛は声を震わせた。

「脅しのつもりか」

「さあな。おぬしが使える駒《こま》かどうか、見極めねばならぬ。見極めるまでは手出しせぬさ。どっちにしろ、つぎにおぬしと会ったときは、敵か味方かはっきりしておるであろう」

「わしに何をさせる気だ」

「野良犬にぴったりの役目がある。殺しだ。金になるぞ、ぬへへ」

硝煙とともに、刺客の影は消えた。

殺ろうとおもえば、一発で仕留めていたはずだ。

二度目に会うときは殺るか殺られるか、ふたつにひとつにちがいない。

六

本所吉田町といえば、夜鷹《よたか》の巣窟《そうくつ》として知られている。

八郎兵衛は釣り竿を捨て、新大橋を小走りに渡った。

猿子橋《さるこばし》から小舟を仕立てて六間堀を遡《さかのぼ》り、竪川《たてかわ》を右に折れて新辻橋の手前で左手の横川にはいる。

しばらく遡上して法恩寺橋《ほうおんじばし》で陸にあがれば、そこが吉田町にほかならない。

朽ちかけた棟割長屋が所狭しと並ぶなかに、源兵衛店はあった。

「……まさか、ここで暮らしておるのか」

信じられなかった。三代にわたって八丁堀に根を張っていた同心一家が夜鷹の巣窟で暮らしているなどと、誰が信じようか。

この目で確かめてやると来てはみたが、木戸を面前にすると二の足を踏んでしまう。

心ノ臓がばくばくしはじめた。

立ち惚《ほう》けていると、木戸番の親爺に不審げな目で睨《ね》めつけられる。

「旦那、何か用かね」

声を掛けられ、びくっとした。

「すまぬ、用事はない」

きまりわるそうに背中を向け、去るふりをして物陰に隠れる。

反対の辻向こうから、天秤棒《てんびんぼう》を担いだ棒手振《ぼてふ》りがやってきた。

いつのまにか、日没が近づいている。

茜色に染まった雲が、誰かの顔にみえた。

「一尾くださいな」

懐かしい声が耳に飛びこんでくる。

窶《やつ》れた女が笊に鯵《あじ》を分けてもらっていた。

「……あ、姉上」

まちがいない。

三枡格子《みますごうし》の粗末な古着を纏い、髪もぞんざいに結っている。

武家女の印象とはほど遠いが、姉の茜にまちがいなかった。

六年前の凜とした佇まいは薄れている。

日和下駄《ひよりげた》で木戸へ向かうと、木戸番の親爺が気軽に声を掛けてきた。

「おとっつあんの具合はどうかね」

「なかなか熱がさがりません」

「そうかい。医者を呼んでも埒《らち》は明かねえし、ここは生姜汁《しょうがじる》でも呑ませておくしかあんめえ」

「ご心配をお掛けします」

「いいんだよ、おたげえさまだ」

茜は丁寧にお辞儀をし、木戸を潜っていった。

どうやら、父は病に罹《かか》っているらしい。

八郎兵衛は物陰から身を乗りだし、茜の後ろ姿を目で追った。

「くそっ」

三人が零落したのは、あきらかに自分のせいだ。

他人の名誉を守ることばかり考え、家族のことなど顧みなかった。

何と罪深いことをしてしまったのだ。

今さら悔いたところで失われた歳月は戻ってこない。

母上はどうしておられるのだろう。

ひと目でも逢いたい気持ちを抑えきれず、暗くなるのをじっと待った。

それから一刻経ち、周囲は薄闇に包まれた。

――うおおん。

山狗の不気味な遠吠えが聞こえる。

菰《こも》を抱えた夜鷹たちが稼ぎにでる頃おいだ。

吉田町には夜鷹屋と呼ばれる帳場がある。春を売る女たちに小道具を貸しあたえ、揉《も》め事《ごと》があれば仲立ちになるところだ。

女たちは薹《とう》の立った者が多い。皺顔を白粉《おしろい》で隠し、手拭《てぬぐ》いの端を噛んで柳の木陰から酔客を誘う。多くは瘡《かさ》を患い、なかには鼻の欠けた者もいる。糝粉細工《しんこざいく》の付け鼻をくっつけ、ひと切り五十文《もん》で身を売るのだ。

そんな夜鷹を何十人とみてきた。

どぶ川で冷たくなった屍骸も葬った。

哀れな夜鷹たちが身を寄せる長屋の隣で、自分が捨てた家族は暮らしている。

八郎兵衛は親爺の目を盗み、木戸の向こうへ忍びこんだ。

貧乏人たちは疾《と》うに夕餉《ゆうげ》を済ませ、床へ就いた者もある。

灯《つ》りの点いた部屋は半分にも満たない。

茜の消えた部屋は、奥の井戸脇だった。

朱の剝《は》げた鳥居の奥から、稲荷が睨みつけてくる。

八郎兵衛は跫音を忍ばせ、そっと部屋に近づいた。

部屋の灯りは点いており、腰高障子も開いている。

「ごほ、ごほごほ」

咳きこんでいるのは父親だ。

薄い褥の横で、老いた女が看病している。

「……母上」

八郎兵衛は空唾を呑みこんだ。

駈けこみたい衝動を必死に怺《こら》えた。

今さら、どの面さげて逢えようか。

そうやって、しばらくのあいだ、じっと動けずにいた。

やがて、腰高障子は閉まり、灯りも消えた。

「くそっ」

八郎兵衛はうなだれたまま、踵を返すしかなかった。

どぶ板を踏みながら、名状し難い虚しさにとらわれる。

「どうすればよい」

虚しすぎる。

木戸から外へ出ると、露地裏は漆黒の闇に変わっていた。

辻向こうに閃《ひらめ》いたのは、夜鷹の白い腕であろうか。

黄泉路《よみじ》に誘う腕のほうへ、重い足を引きずった。

七

数日後。

虚しさが怒りに転じる出来事が起こった。

薬種問屋の娘、おまんが逝ったのだ。

「そんなの、嘘にきまってる」

噂を信じようとしない定吉を連れて、日本橋大路の『天満屋』へ走った。

閉じた表戸には「忌中」の紙が貼ってある。

勝手口へまわり、店のなかへ踏みこんだ。

長い廊下をわたって仏間を探しあてると、店の主人と内儀が沈痛な面持《おもも》ちで座っている。

「おい、娘はどうした」

振りむいた主人に向かい、八郎兵衛は乱暴に尋ねた。

窶《やつ》れきった主人の顔は、死人のように蒼褪《あおざ》めている。

「どちらさまで」

「縁者だ。後ろにおるのは、おまんの弟だ」

「……も、もしや、定吉さんかい」

内儀のほうが膝を躙りよせ、定吉の両袖にしがみついてくる。

「おまえさんのことは聞いていたんだよ。大奥で頂戴《ちょうだい》するお給金を芳町に届けてほしいと、おまんに頼まれてね」

「……そ、そんな」

「おまんは、おまえさんのことだけを案じていた。わが儘を口にしたことのない娘だったけれど、奥入りだけは嫌がっていたんだ。千代田の御城でご奉公するとなれば、一生弟と逢えなくなるかもしれない。お願いだから奥入りだけは堪忍《かんにん》してほしいってね。泣いて頼んだあの娘《こ》の言うとおりにしていれば、こんなおもいをせずに済んだものを。かえすがえすも口惜しいよ……うっ、うう」

内儀はたまらず、嗚咽を漏らす。

定吉は何ひとつ聞いていない。

内儀の肩を摑んで揺さぶった。

「嘘と言ってください。姉さんが死ぬわけない。嘘と言って」

主人が冷静さを取りもどす。

「昨日の朝、大奥から使いがみえたのだ。おまんは流行病《はやりやまい》に罹って、ぽっくり逝っちまったらしい。ともかく、ほとけを貰いうけたいと頼んだら、こっちで勝手に始末したと抜かしおった。始末しただだと、こんちくしょうめ。ひとのだいじな娘を物のように扱いおって」

「ご主人、ちと訊いてもよいか」

八郎兵衛は不審におもい、使いを寄こした相手の名を質《ただ》す。

主人は口惜しさを滲ませた顔で応じた。

「筆頭御年寄の浦尾さまにござります」

「何だと」

殺気を孕《はら》んだ風が、胸のなかを吹きぬける。

動くことのできない定吉を残し、八郎兵衛は店を出た。

するとそこに、意外な人物が待っていた。

「よう、風来坊」

瓢簞蝙蝠縞《ひょうたんこうもりじま》の浴衣《ゆかた》を纏った金四郎だ。

「ちょいと付きあえ」

定吉のことが案じられたものの、今はそっとしておくしかない。

金四郎に従いて露地裏を進むと、うらぶれた矢場へたどりついた。

一階に客はおらず、置物のような婆《ばあ》さんが居眠りしているだけだ。

「さあ、あがってくれ」

急な階段から二階へあがると、衣桁《いこう》や鏡台や蒲団などが置かれており、事情《わけ》ありの男女が忍ぶ曖昧宿《あいまいやど》のようなところだとわかった。

「隠れ家のひとつさ。婆さんは耳が遠くてな、誰に遠慮することもねえ。酒でも呑むかい」

ほんとうは浴びるほど呑みたいところだが、八郎兵衛は遠慮した。

金四郎は煙草盆を手許に寄せ、朱羅宇《しゅラウ》の火口《ほくち》に火を点ける。

すぱっとひと口吸って吐きだすや、紫煙が部屋じゅうにひろがった。

「浦尾さまの手下に表使の滝川ってのがいる。頭の切れる奥女中でな、こいつが木母寺《もくぼじ》の裏手に拝領屋敷を持っている」

庭に紫陽花が群生しているので「あじさい屋敷」と呼ばれている。

「木母寺といえば、荒川も近え。江戸のとっ外れだ。拝領屋敷はふつう大川のこっち側にある。ほんとうなら借りる者もいねえはずだが、鍼医者《はり》の瑞安《ずいあん》ってのが借りていやがる」

「お待ちを」

いったい何のはなしをしているのかと、八郎兵衛は睨みを利かせて問うた。

「まあ聞け。拝領屋敷の裏手に丹頂池ってのがあってな、正月になると鶴《つる》が舞いおりてくるところだ。その池に、おまんの遺体が浮かんだ」

「えっ」

「まちがいねえ。隠密廻りに拝領屋敷を張らせていた矢先の出来事さ。いいか、ようく聞け。瑞安のところにはな、治療の名のもとに幕府や諸大名の錚々《そうそう》たる連中が通ってくる」

秘事を知る立場の留守居役《るすいやく》や奥右筆《おくゆうひつ》をはじめ、作事奉行や普請奉行といった利権に絡む重臣たちであった。

「そいつらの目途は鍼治療なんかじゃねえ」

利権と引換に色欲を満たしにくるのだ。

金四郎はめずらしく、眸子を怒らせた。

「肩凝りを治すより、性根を直さなくちゃならねえ」

要するに、滝川の拝領屋敷は売春宿なのだという。

「まさか」

「証拠はまだ摑んでねえ。でもな、奥入りと称して連れていかれた町娘たちの何人かは大奥にいねえことがわかった。みんな『娘評判記』に載るほどの縹緻良《きりよう》しだ。それほどの娘でなきゃ、色好みの連中も危ねえ橋を渡りたがらねえのさ。娘たちは最初《はな》から春を売るために拐かされたんだ」

「おまんもそうであったと」

「まちがいねえ。大奥の元締めともあろう者が、自分の権限を使って町娘を平気な顔で拐かすとはな。しかも、娘たちは逃げださぬように、あるもので縛りつけられていた。阿片だよ」

阿片中毒にして雁字搦めに縛りつけ、娘たちを意のままに操ろうと画策したのだ。

「ぜんぶ、浦尾が滝川にやらせたことだ。ひでえことをしやがる」

一方、娘たちを買った色好みどもは公正な判断を失い、浦尾の無理難題にこたえねばならない。

「おまんの行き先は大奥なんかじゃねえ。生き地獄だったってわけさ」

「生き地獄」

「同じ運命をたどった娘たちが、屋敷のなかに何人も囲われているはずだ。親たちはみんな、自分の娘が大奥奉公をしているものとばかりおもっている。春を売らされているとも知らず、浦尾にせっせと貢ぎ物を贈りながらな。伊坂よ、こんなことが許されるとおもうか」

金四郎は感情を昂《たか》ぶらせ、煙管の雁首をかつんと煙草盆に叩きつける。

もはや、八郎兵衛の耳には何ひとつ聞こえてこない。

煮えたぎる怒りをどうやって抑えたらよいか、さきほどから考えあぐねていた。

「早まるんじゃねえぜ。滝川は御広敷の忍びを手足のように使っている。忍びのかしらは羽鳥陣内という野郎でな、名は通っているが本物の顔を知る者はいねえ」

金四郎が去ったあとも、八郎兵衛はひとり部屋に残った。

人の気配に振りむけば、階段のあがり口に盆が置かれている。

酒だ。

町奉行が老婆に命じて仕度させたらしい。

そうした気遣いも、今はありがたいともおもわなかった。

八郎兵衛は銚釐の注ぎ口をかたむけ、渇いた喉に冷や酒を流しこんだ。

八

金四郎には「勝手に動くな」と釘《くぎ》を刺されたが、八郎兵衛は夜陰に紛れて木母寺裏の「あじさい屋敷」までやってきた。

木母寺までは舟で大川を遡上した。

荒川との合流点である鐘《かね》ヶ淵《ふち》も近いはずだが、川はどこにもみえない。

昼は田畑の広がるあたりも、今は闇にすっぽり包まれている。

丸味かけた月に導かれ、蛙《かえる》の鳴く畦道《あぜみち》をまっすぐに進んだ。

なぜ訪ねるのかと問われれば、金四郎のはなしが信じられなかったからだ。

鍼医者を捕らえて責め苦を与えてでも、悪事のからくりを確かめてやりたかった。

どうにかして、おまんの無念に報いてやりたい。

悲しみに暮れる定吉の顔や、窶《やつ》れた姉の顔が浮かんでは消える。

やがて、めざす屋敷の門がみえてきた。

脇の潜り戸から忍びこむと、表口の軒行灯が怪しげに灯っている。

敷地は鬱蒼とした木々に囲まれ、暗闇に梟《ふくろう》の赤い目がいくつも光っていた。
敷石を伝って表口に近づけば、薬草のにおいが漂ってくる。
何者かの気配に、ぎょっとして目を凝らした。
紫陽花だ。
群生する大きな花のかたまりが人の首にみえる。
表口を避け、中庭のほうから母屋へまわりこんだ。
庭木は手入れされた様子もなく、雑草が繁っている。
雨戸はすべて閉めきられ、しんと静まりかえっていた。
蚊に悩まされながらも、小柄を雨戸の隙間に差しこむ。
難なく一枚外し、廊下にそっと踏みだした。
左右をみつめ、人の気配を探る。
誰もいない。
長い廊下をいくつか曲がり、奥の部屋へと向かう。
人の気配がした。
襖障子を少し開き、内を覗いてみる。
「ん」

暗がりに目が馴《な》れると、手足を縛られた娘たちが転がされていた。

五人だ。

ぐったりしているものの、息はある。

五人とも助けるには人手が必要だった。

八郎兵衛はほっと溜息を吐き、後ろ手に障子を閉める。

胸の奥に携えた怒りの炎《ほむら》が、音を起《た》てて燃えはじめていた。

「来おったな」

廊下の向こうから、重厚な声が響いた。

茶筅髷《ちゃせんまげ》のずんぐりした男が立っている。

「鍼医者か。娘たちをどうする気だ」

「どうもせぬ。放っておけば死ぬであろう」

「放っておくのか」

「阿片をやりすぎて、使いものにならぬからな」

「悪党め。おぬし、鉄砲撃ちの手下か」

「ふふ、良い勘をしておる。おかしらは、六尺豊かな化け物を生かした理由をこう言った。いずれ何かの役に立つかもしれぬとな。わしはそうおもわぬ。素姓の知れぬ者は消しておくにかぎる」

「それはこっちの台詞だ。うしゃ……っ」

八郎兵衛は駈けよせ、抜き際の一刀を浴びせた。

「甘いわ」

ふわっと空気が揺らぎ、鍼医者は天井に張りつく。

「家守《やもり》め」

脇差を投げつけた。

鍼医者は消え、脇差は天井に刺さる。

相手は反撃に転じた。

「へやっ」

上段の突きだ。

仰《の》けぞりつつ、追撃の刃を弾く。

「はおっ」

すぐさま、廻し蹴りがきた。

――しゅっ。

爪先から刃物が飛びだす。

「ぬぐっ」

鬢を削られた。

廊下を転がり、どうにか逃れる。

ぱっくり開いた傷口から、血が流れた。

「ほっ、わしの蹴りを躱《かわ》すとはな」

鍼医者は身を離し、余裕の笑みを浮かべる。

「野良犬め、念仏でも唱えておくがよい」

「待て。おぬし、御広敷の忍びか」

八郎兵衛の問いに、茶筅髷がかたむいた。

「それがどうした」

「かしらは羽鳥陣内だな」

「それを訊いてどうする」

「羽鳥が鉄砲撃ちだとすれば、描いた筋がちがう」

「死にゆく身で何をほざいておる」

「下っ端はわからんでいい」

「何だと」

「念仏を唱えるのは、てめえのほうだ」

八郎兵衛は何をおもったか、床に大刀を突きたてた。

「ふん、卒塔婆《そとば》の代わりか」

鍼医者が嘲《あざけ》る。

刹那、八郎兵衛は猿のように跳んだ。

突きたった刀の鍔《つば》に爪先を引っかける。

「おりゃっ」

そのまま二段跳びに跳び、天井に刺さった脇差を引きぬく。

「ぬおっ」

ふいを衝かれた鍼医者は、直刀を振りあげた。

遅い。

八郎兵衛の影が頭上に覆いかぶさる。

「ぐえっ」

鍼医者は眉間を割られ、大の字に倒れていった。

「くっ」

八郎兵衛は眩暈《めまい》をおぼえつつも、血腥い廊下から逃れでた。

頬がずきずき痛む。
鍼医者の刃物に痺れ薬が塗られていたのだろう。
平衡を失って転び、雨戸を破って庭に転げおちる。
月がゆがんでみえた。
紫陽花はすべて地に落ちている。
それらが無念を滲ませた娘たちの首にみえた。
「くそったれ」
這うように潜り戸を抜け、門の外へ出た。
道は暗い隧道《ずいどう》となり、どこまでもつづいていく。
おおかた、行きつくさきは地獄にちがいないと、八郎兵衛はおもった。

九

小舟に揺られていると痺れ薬が抜け、芳町へ戻るころには元に戻っていた。
鬢の下は裂けていたが、気にするほどの傷でもない。
軒行灯の下がった『橘屋』に踏みこむなり、とろり乃介が大声をあげた。

「旦那、どこへ行ってたんだい。定吉が帰ってこないんだよ」

「えっ」

定吉は傷心の癒えぬまま、師匠の女形に従いてご贔屓の催す宴席に出掛けた。

それきり、夜更けになっても戻ってこないという。

「師匠は酩酊《めいてい》しちまってね、定吉を茶屋の外に置いてきたって仰るんだけど、こんなことは今までに一度もなかったんだ」

とろり乃介は焦りすぎて、口がよくまわらない。

「行き先に心当たりは」

「あるとすれば、ご贔屓さんのところさ」

さほど遠くはない。

浜町河岸に架かる千鳥橋を渡ったさき、太物問屋《ふとものどんや》が軒を並べる横山町にご贔屓の隠居宅はあるという。

名の知れた太物屋を一代で築いた人物らしく、興行の金主《きんしゅ》になったこともある。

定吉のことを気に入っており、この『橘屋』にも何度か客として訪れていた。

八郎兵衛はとろり乃介をともない、さっそく横山町へ向かった。

さきほどから胸騒ぎがしている。

定吉は弟も同然だった。まんがいちのことを考えると、胃が捻じれるほど痛くなってくる。

「あの子、しっかり者だから大丈夫だとおもう。でも、今までになかったことだから心配なのさ」

隠居宅に着いた。

門を潜ると、庭には紫陽花が群生しており、滝川の拝領屋敷をおもいだす。

ふたりは表口に近づき、ふいに足を止めた。

「旦那、まずいよ。死臭がする」

とろり乃介は恐がって、一歩も動けない。

八郎兵衛は敷居をまたぎ、草履のまま廊下にあがる。

手燭を点け、慎重に近づいていく。

廊下には点々と血痕《けっこん》が繋がっていた。

奥の仏間だ。

閉めきられた障子のまえに立つ。

「ふう」

呼吸を整えた。

誰かが死んでいるのはわかっている。

定吉でないことを祈った。

すっと、障子を開ける。

「うっ」

屍骸が床柱に背をもたせていた。

「旦那、平気かい」

「ああ、来てみろ」

死んでいるのは年寄りだ。ご贔屓の隠居にまちがいない。

松五郎と同じ恰好で、額のまんなかに風穴を空けられている。

「げっ」

とろり乃介は屍骸をみつけ、食べたものをその場に吐いた。

八郎兵衛は屍骸に近づき、への字に曲がった口に手を伸ばす。

紙をくわえていた。

置き文だ。

――子ノ刻　三光稲荷
とある。

羽鳥陣内であろう。

定吉を餌に誘っているのだ。

三光稲荷は芳町へ戻る途中、長谷川町にあった。

「とろり乃介、さきに戻っておれ」

八郎兵衛は怒ったように言いおき、脱兎のごとく駈けだした。

十

長谷川町、三光稲荷。

境内の奥に提灯が揺れている。

松の木の枝から吊されているのだ。

——ぱん。

乾いた筒音が響き、提灯が粉微塵になった。

少し離れたところで、ぼっと篝火が燃えあがる。

振りむけば、別の木陰から人影があらわれた。

定吉を小脇に抱えている。ひょろ長い男だ。

「よう来たな。驚いたぞ。おぬしがまさか、こんなちっぽけな餌に食いつくとはな」

顎をしゃくられた定吉は蒼白《そうはく》だが、瞬《まばた》きはちゃんとしている。

八郎兵衛は声を張った。

「関わりのない者は放してやれ」

「蔭間ひとりの命がそれほど惜しいか」

問われても、八郎兵衛は黙って近づいた。

「待て。刀の間合いにはいってくるな」

足を止め、核心を衝く。

「おぬし、羽鳥陣内か」

「ふっ、それがどうした」

「はなしの辻褄《つじつま》が合わぬ。おぬしは浦尾の飼い犬であるにもかかわらず、別の者がやったとみせかけて杉野屋の荷を盗んだ。飼い主の手を噛んだというわけだ。おぬしの独断か、滝川に尻《けつ》を掻かれたか、おそらく、ふたつにひとつであろう」

「ほう、腕も立つが頭も切れるな。おぬしの言うとおりだ。浦尾は偉くなりすぎた。そろそろ、手を切る潮時でな。姉上も、そう望んでおった」

「姉上だと」

「滝川のことさ。われらが血を分けた姉弟だとは、誰も気づくまい」

最初から浦尾を裏切るつもりだったらしい。

「操り甲斐のある女であったわ」

「黒幕は滝川なのか」

「荷を盗ませる妙手をおもいついた者はほかにおる。われら姉弟を拾って悪党に育てた親父《おやじ》どのがな。若い時分は外洋に帆船の大きな帆をひろげ、海を荒らしまわっておったらしい。戦利品のなかで一番使えるのが阿片であった」

「育ての親とは、杉野屋嘉右衛門のことか」

「気づくのが遅いわ。親父どのが例幣使を運び屋に選んだのは、阿片が敵方に盗まれたという芝居を打つためよ。浦尾はまんまと信じこんだ。西ノ丸筆頭年寄の松島が盗《と》らせたとおもいこみ、首を獲ってこいと喚《わめ》いておる」

大奥の実力者同士で潰しあってくれれば、羽鳥や滝川の思う壺《つぼ》となる。傀儡《かいらい》となる者を筆頭年寄の座に据え、裏から大奥を牛耳ることができるからだ。

大奥を牛耳れば、金と権勢はおもうがまま、将軍でさえも逆らえぬようになる。

「老中の土井大炊頭が間者《かんじゃ》を放ち、われわれを調べているのはわかっておった。伝七とか抜かす間抜けのこともな。ただひとり、おぬしだけは判然としなかった。消すのはいつでもできる。敵か味方かを見極めてからでも遅くはない。使える男なら雇ってやろうとおもうてな」

「それで」

「今ここで恭順を誓えば、瑞安を殺《あや》めたことも水に流そう。江戸におるのが嫌なら、上方にでも飛んでほとぼりを冷ますがいい」

「上方か、それはまたどうして」

「わしも骨休めに行こうとおもうておる。こたびの一件の片が付いたらな。さあ、どうする。報酬は望むがままぞ」

八郎兵衛は一歩近づく。

「否と言ったら」

「ふふ、こたえずともよい。おぬしがどう動くかでわかる」

「ん、何をする気だ」

みずからの鼓動が聞こえてきた。

羽鳥のやろうとしていることを察したからだ。

「やめろ、定吉は放してやれ」

「そうはいかぬ。こやつはおまんの弟だ。生かしておいたら、将来に禍根を残す」

羽鳥は脇差を抜き、定吉の喉にあてがった。

「ぬへへ」

「やめろ」

叫びも虚しく、定吉は喉を裂かれた。

「ひっ」

鮮血が散る。

八郎兵衛は鬼の形相で駈けだした。

ばっと、篝火が蹴倒される。

「ぬおっ」

国広を抜き、斬りつけた。

羽鳥はいない。

――ぱん。

至近に筒音が響く。

後ろか。

胸が熱い。

焼けるほど熱い。

「……ぬぐ」

全身から力が抜け、八郎兵衛は棒のように倒れていく。

「莫迦め、手下になればよいものを」

羽鳥の息遣いが遠のいていった。

何もみえない。

暗闇のなかで動けずにいる。

「……さ、定吉」

あの世で逢えたら、きちんと謝らねばなるまい。

あれほど親切にしてもらったのに、報いることができなかった。

「……ゆ、許してくれ」

意識が次第に薄れていく。

血を流しすぎたのだろう。

断崖《だんがい》から下を覗けば、奈落が口を開けている。

「……旦那、旦那、しっかりしとくれよ」

誰かが呼んでいる。

後ろから必死に袖を引っぱっているのだ。

「……旦那、逝っちゃだめだ」

とろり乃介か。

もうよい。無理をするな。

手を放さねば、おぬしも奈落に落ちるぞ。

それが夢なのかどうかの判断もできず、八郎兵衛はつかのまの眠りに落ちた。

十一

十日後、曇天。

大奥筆頭御年寄の浦尾は、御台所の代参で上野の寛永寺《かんえいじ》に詣でた。

帰路は、新たに芝居小屋の設けられた浅草の猿若町《さるわかちょう》へ足を延ばし、大好きな芝居を楽しむことになっていた。

梅雨時に催す皐月《さつき》興行は、霜月《しもつき》の顔見世興行や弥生興行ほどの盛況は期待できず、蒸し暑いので看板役者も出演しない。中村座も座頭の三代目尾上《おのえ》菊五郎《きくごろう》がおらず、楽屋を仕切る頭取も芝居を打つかどうか決めかねていた。

そうした矢先、おもいがけず大奥の大物が観劇に訪れるというので、芝居小屋はにわかに活気づき、大部屋の下っ端役者たちは「ここが活躍のしどころ」と目の色を変えて稽古に取りくんだ。

大部屋役者を取りまとめる三代目中村仲蔵《なかぞう》は金主探しに奔走し、吉原に大籬《おおまがき》を構える忘八《ぼうはち》（主人）を口説《くど》きおとした。看板役者も出ない夏芝居に身銭を切った俠気が評判となり、芝居は初日から満員御礼となった。

演出物は『三番叟《さんばそう》』や『角兵衛獅子《かくべえじし》』といった恒例のものにくわえて、奥女中物を盛りあがりに用意しておかねばならない。

浦尾側からの要望もあり、選ばれた演目は『鏡山旧　錦　絵《かがみやまこきょうのにしきえ》』となった。

弥生興行でも外題看板に掛けられた演目を、千両役者抜きで演じるというのがまた江戸雀たちのあいだで話題になり、浦尾が訪れる三日目の今日は小屋の外まで客がはみだすほどの大入りとなった。

「さあさあ、本日は千代田の御城から偉いお方がおみえになる」

満員札止の垂れ幕が風に靡《なび》くなか、木戸口の上に立つ木戸芸者たちも声を嗄《か》らしていた。

正午過ぎ、いよいよ浦尾を乗せた三ツ金物の紅網代《べにあじろ》があらわれた。

奥女中や供人たちに囲まれた仰々しい行列は、芝居町の端から端までつづいた。

駕籠は悠々と進み、中村座の櫓下《やぐらした》でぴたりと止まる。

開いた戸の隙間から白足袋《しろたび》がみえるや、どっと歓声が沸いた。

浦尾は髪を長さげにし、白地に鳳凰《ほうおう》や花の刺繍《ししゅう》がほどこされた帷子《かたびら》を纏い、左右に張った腰帯に茄子紺《なすこん》染めの小袖を掛けて腰巻にしている。

大きく胸を反らせ、人垣に手を振ってこたえる余裕をみせた。

小屋のなかで案内された席は、意外にも二階ではない。通常ならば舞台を見下ろす高土間が用意されるのだが、この日は特別な趣向が用意されていた。

花道の舞台に一番近いかぶりつきだ。

ゆったりと櫓桟敷《さじき》の組まれたなかに座椅子が置かれ、山海の珍味を並べた膳や下り物の諸白《もろはく》が用意されている。しかも、惚れ惚れするような容色の若い役者に酌をさせるとなれば、浦尾に文句のあろうはずはない。

浦尾は黒猫のたまを抱え、席に落ちついた。

花道の床よりも、桟敷のほうがわずかに高い。

まわりの客にしてみれば迷惑なはなしだが、浦尾は気分がよさそうだ。

権勢の頂点に立つ者は、誰からも特別な扱いを受けねばならぬ。

そう信じて疑わぬ顔で、周囲を睥睨《へいげい》していた。

「たまや。ほうれ、ようみえるであろう。舞台の中央に立っておるのが岩藤じゃ。華のある役者とはどういうものか、よおくみておくのじゃぞ」

浦尾のそばには表使の滝川もおり、下々《しもじも》の者がそばに寄らぬよう注意を払っている。

太鼓持ちとして控えている商人は、今市から江戸へ出てきた杉野屋嘉右衛門にほかならない。

どうやら、みずから馬十疋ぶんの荷を運んできたらしかった。

無論、荷の正体は阿片だと伝えてある。

欲しかったものが手にはいったためか、浦尾はすこぶる機嫌が良い。

「杉野屋、芝居見物のあいだは側《そば》においてやる。格別なはからいと心得よ」

「へへえ」

杉野屋はお辞儀をしながらも、横を向いて舌を出す。

運んできた荷は阿片ではなく、ただの杉線香にすぎない。

それを知っている娘の滝川と、ふたりで目配せをしている。

何も知らぬ浦尾は膝を乗りだし、芝居に魅入《みい》られつつあった。

立役扮する岩藤が、尾上を満座で草履打ちにする場面がことのほかお気に入りで、弥生興行の際もわれを忘れて、草履を掲げて仁王立ちする役者にやんやの喝采を送っていた。

その「草履打ち」の場面が、今まさに演じられようとしている。

岩藤を演じる役者は大部屋の新人と聞いていた。

二階を見上げるほど大きい。

六尺は優に超えていよう。

「偉丈夫じゃのう」

浦尾は満足げだ。

芝居の型よりも、見栄えのする役者を好む。

今日の岩藤は客席に向かって團十郎《だんじゆうろう》ばりの睨みを利かせるなどして、文字どおり、型破りの演技をしてみせた。

殺気を孕《はら》んだ岩藤の迫力に気圧《けお》され、小屋のなかは空咳ひとつ聞こえない。

いよいよ、草履打ちの段になった。

「言い訳は、言い訳は、言い訳なけりゃ」

岩藤は叫んで尾上に迫り、掲げた草履を打ちつける。

腰元たちが止めにはいるや、岩藤は振りむいて前歯を剝いた。

「寄るか。寄ったら、おまえがたも同類じゃ」

大向こうから、どっと歓声があがる。

ここは草履を振りあげた立ち姿できめるところだが、岩藤は何をおもったか、花道に向かって突進してきた。

まるで、獰猛《どうもう》な猪のようだ。

呆気に取られた浦尾を見下ろし、台本にない決め台詞を吐く。

「岩藤め、成敗いたす」

――ぶん。

丸太のごとき右腕が撓《しな》った。

つぎの瞬間、右手に握られた草履が浦尾のこめかみを叩きつける。

――ぱしゃっ、ぱしゃっ。

静まりかえった小屋のなかに、草履の音が何度も響いた。

叩かれた本人ばかりか、供人たちも驚いてまったく動けない。

突如、客席の一部から声があがった。

「大奥の悪党め、おまんと定吉の仇だ」

叫んだのは、四角い顔のとろり乃介だった。

花道に飛びあがり、浦尾めざして駈けだす。

「それ行け、やっちまえ」

何人かが追随すると、客たちは暴徒と化した。

「うわあぁ」

我先に駈け、渦のように桟敷へ殺到する。

浦尾は枠から引きずりだされ、群衆のなかに埋もれていった。

助けようとする従者はひとりもいない。部屋方の奥女中たちも乱れる着物を直す余裕すらなく、出口へ逃れていく。

そのなかには、滝川と杉野屋のすがたもあった。

主人をあっさり見捨て、小屋の外へ逃れていく。

なぜか、外には町奉行所の捕り方たちが待ちかまえていた。

「御用、御用」

三つ道具を突きだし、浦尾の供人たちをひとつところへ追いつめる。

追われる理由もわからぬまま、供人たちは猿若町の一角に集められた。

ただし、滝川と杉野屋のふたりだけは南の藪へ逃れていった。

藪を抜けると、そこは黒板塀に囲まれた袋小路になっている。

自分たちが窮鼠《きゅうそ》となったことにも気づかず、奥の暗がりへと進んだ。

と、そこへ。

顔に白粉を塗った役者が追いついてきた。

「……い、岩藤」

振りむいた滝川が声を震わせる。

育ての親でもある杉野屋は、娘を盾にして隠れようとする。

岩藤に扮する役者は、右手に大刀を提げていた。

左手には浦尾の可愛がっていた黒猫を抱えている。

「くふふ、こやつ、間一髪で逃れおったわ」

岩藤は黒猫を逃がし、芝居がかった台詞を吐いた。

「滝川とやら、おぬしの主人は死んだぞ。木戸銭を払って観にきた連中に踏みつけられてなあ。前代未聞の惨事ゆえ、お上《かみ》はなかったことにするであろう。浦尾は流行病で死んだことにされる。ふふ、おぬしにとっては好都合であろうな」

「……な、何者じゃ」

問われても、岩藤は笑って応じない。

大股で近づき、愛刀の国広《くにひろ》を抜いた。

「なにゆえじゃ、なにゆえ、わらわを狙う」

「問答無用」

「ひゃっ」

横薙《よこな》ぎに薙いだ刀の上に、滝川の首が飛んでいく。

「ぬへっ」

うろたえた杉野屋嘉右衛門に向かって、岩藤に扮する役者が問うた。

「おぬしは、娘のおみわに愛想を尽かされた。悲しくはないのか」

「えっ」

「悲しくはないのかと訊いておる」

杉野屋は問われた意味がわからず、ぽかんと口を開けた。

「おみわのことなど忘れたか。ふん、問うたわしが莫迦だった」

「……か、勘弁しろ。金ならいくらでも」

「いらぬわ」

岩藤は刀を片手持ちに掲げ、無造作に振りおろす。

——ずしゃっ。

杉野屋の脳天が西瓜《すいか》のように割れた。

夥《おびただ》しい血が噴きだしてくる。

呆気ないものだ。

悪党どもは屍骸となった。

が、まだ終わったわけではない。

引導を渡す相手はもうひとりいる。

岩藤のこめかみが、ひくひく動いた。

鬢の下には、白粉でも隠せぬ生々しい傷跡があった。

十二

翌朝。

姉の滝川が死んだと知り、羽鳥陣内は江戸を逃れることにした。

町奉行所の迅速な動きによって、朱引内に自分の人相書が出まわることを懸念《けねん》したのだ。

上方で再起をはかるべく、東海道《とうかいどう》を西へ上ろうとおもった。

「……上方へ」

この一件が終わったら、いずれにしろ東海道を上ることにしていた。

少しばかり予定が早まっただけのはなしだ。

そうやってみずからを鼓舞し、いまだ明け初めぬうちに品川を過ぎ、難所とおもわれた六郷《ろくごう》の渡しも無事に渡りきった。雨催《あめもよ》いの空のもと、重い足を引きずり、日本橋から八里九町の保《ほ》土ヶ谷《や》宿へたどりついたのだ。

「ここまで来れば安心だな」

行く手の権太坂《ごんたざか》を越えれば相模国《さがみのくに》、討手も追っては来まい。

羽鳥は安堵の溜息を吐き、引きちぎったおおばこの茎を振りながら、のんびりと歩きはじめる。

風体は行商に化けていた。刃長の短い直刀は携えているものの、自慢の長筒は携行できなかった。それだけが悔やまれてならない。

「まあよい。堺《さかい》でまた調達できる」

それにしても、想像だにしないことが起きた。

浦尾は芝居見物の最中、興奮した観客たちに踏まれて圧死を遂げたという。

正直、耳を疑った。

そんなことがあるのだろうか。

しかも、随行した者たちのなかで、滝川と杉野屋だけが何者かに斬殺《ざんさつ》された。

ふたりの死については、別に悲しいともおもわない。

悪党の養父はもちろん、姉の滝川とも利で繫がっていたにすぎなかった。

阿片をもって大奥を牛耳るという野望は潰《つい》えたが、自分の命が助かったのは幸運だったというべきだろう。

三人の死については、北町奉行の遠山景元《とおやまかげもと》が関与していたことは確かだ。

宇都宮で撃った伝七が遠山の手下だったことも調べはついている。

だが、江戸の治安を司る町奉行ともあろう者が、十万石の格式を誇る大奥筆頭御年寄をあのような手管で葬ることなどできようか。

少なくとも、お上の意志ではない。

別の者の意志がはたらいたとみるべきだ。

「いったい、誰なのか」

頭に浮かんだのは、三光稲荷で葬ったはずの男だった。

「伊坂八郎兵衛か」

至近の的は大きすぎた。

額ではなく胸に狙いを定めたとき、一抹《いちまつ》の躊躇《ちゆうちよ》があった。

「やはり、頭を狙うべきであったか」

いや、後悔する必要はない。

一発で心ノ臓を撃ちぬいたはずだ。

これまでに一度も的を外したことはなかった。

獲物はすべて一発で仕留めてきたではないか。

「やつは死んだ」

吐きすてると同時に、羽鳥は足を止めた。

権太坂の頂点に人影をみとめたのだ。

どくどくと、鼓動が脈打ちはじめる。

「……ま、まさか、生きておったのか」

人影は次第に輪郭を露《あら》わにした。

大きなからだを揺すり、急坂を下りてくる。

「よかろう。こうなれば、白黒つけるまでじゃ」

羽鳥は柄袋を外し、忍び刀を抜きはなつ。

「ぬおっ」

気合いを発し、急坂を一気に駈けのぼった。

まるで、一陣の風と化したかのようだ。

一方、八郎兵衛は刀も抜かず、同じ歩調で下りてくる。
「死ね」
羽鳥は駈けながら、棒手裏剣《ぼうしゅりけん》を撃った。
八郎兵衛はひょいと躱し、撞木足に構える。
間合いは三間、忍びにとって坂下はけっして不利な位置取りではない。
「うおりゃ……っ」
低い姿勢から、飛蝗《ばった》のように跳ねた。
直刀を下段から突きあげる。
――ぶしゅっ。
肉を刺しぬいた感触を得た。
返り血を避けるべく、咄嗟に身を捻る。
そこに隙が生まれた。
刹那、八郎兵衛の右腕が撓るのをみた。
片手持ちに掲げられた刀が、鉈割《なたわ》りに振りおろされてくる。
「なっ」
と、発したきり、羽鳥の意識は暗転した。

脳天から血を噴きながら、坂をどこまでも転がっていく。
「……お、終わったな」
八郎兵衛は胸に刺さった忍び刀を抜き、がくっと膝をついた。
着物を破り、分厚い革でつくった胸当ても剝《は》ぎとる。
羽鳥の一刀は胸当てを貫き、一寸ほど胸に食いこんでいた。
だが、骨までは届いていない。
晒しで胸を縛って止血し、何食わぬ顔で歩きだす。
そろそろ、江戸を去らねばなるまい。
ただし、ひとつだけ果たしておきたいことがあった。
定吉の葬られた墓に詣《まい》り、あの世でまた逢おうと約束したかった。

十三

空はからりと晴れた。
六里強の道程を二刻足らずで取って返し、正午を過ぎたころには高輪《たかなわ》の縄手《なわて》を眼下におさめていた。

定吉の墓は「高輪の大仏」で知られる如来寺《にょらいじ》にある。

隣は四十七士を奉る泉岳寺《せんがくじ》だ。何といっても目を惹《ひ》くのは、境内の大仏殿に安置された五智如来像であった。

薬種問屋の天満屋は如来寺の檀家《だんか》で、先祖が眠る立派な墓もある。

そこに、養女のおまんばかりか、定吉の遺骨も納めてくれた。

「感謝せねばなるまい」

そういえば、如来寺と名の付く寺は今市にもあった。

東照宮御造替の際、家光が宿泊する御殿が建立《こんりゅう》された由緒ある寺だ。

今市から日光へ向かう杉並木の道でおみわを負ぶったことが、そもそものはじまりであった。因縁《いんねん》を感じざるを得ない。

八郎兵衛は夾竹桃《きょうちくとう》の花束を携え、寺男に聞いた墓石に向かう。

誰かが香華《こうげ》をあげたとみえ、線香の煙が立ちのぼっていた。

手向けられた花は、同じ桃色の夾竹桃だ。

墓石に水を掛けて洗い、跪《ひざまず》いて祈りを捧げる。

「待っていたぜ」

墓石の狭間から、耳慣れた声がした。

人懐こい丸顔が差しだされる。

金四郎だ。

雪華文の浴衣を涼しげに纏っていた。

「芝居小屋の大仕掛け、楽しませてもらったぜ。関わった芝居小屋の連中は、可哀想な娘たちの事情を知ったうえで、ひと肌脱いでくれた。客もそうだ。誰もがみんな溜《りゅう》飲《いん》を下げたにちげえねえ。もちろん、浦尾さまをあんなふうに裁くのは褒められたことじゃねえ。でもな、やった連中に縄を打つような野暮はしねえよ。浦尾さまは流行病で亡くなった。それが真実さ」

金四郎は町奉行らしい威厳をみせ、ふっと笑みをかたむける。

「また、江戸を去るのかい」

「ええ、長居しすぎました」

「そうか。ま、仕方ねえ。だがよ、ひとつだけ頼みを聞いてくんねえか」

「えっ」

「嫌な顔すんな。じつはな、おめえに逢わせてえ相手がいる」

金四郎が振りむいた。

顎をしゃくったさきに、とろり乃介が立っている。

四角い顔の蔭間に導かれ、痩せた女がすがたをみせた。

「……あ、姉上」

八郎兵衛は顎を震わせる。

姉の茜は胸を張り、一歩一歩近づいてきた。

手の届くところまで近づき、足を止める。

「八郎兵衛、文が欲しいと言ったこと、おぼえておいでか」

茜は必死に声を搾《しぼ》りだし、我慢できずに感極まってしまう。

八郎兵衛は歩みより、茜の肩を優しく抱きよせた。

「うっ、うっ……泣かずにいようとおもったのに、おまえの顔をみたら涙を抑えきれなくなりました」

「姉上」

「わかっております。おまえの悲しみは、父上も母上もわかっておられるのです。よくぞご無事でいてくれた。おまえが生きてさえいてくれれば、それだけでよいのです。それがわたしたちの生きる支えになるのですよ」

八郎兵衛の目からも、止めどなく涙が溢れてくる。

「おまえが気に掛けることは何もない。わたしたちはつましいながらも穏やかに暮らしていますむかしのようなしがらみもないし、気楽な毎日なのですよ」

　無理をするなと言いたかった。

「父上の病はいかがです」

「流行風邪をひかれてね、もうすっかりよくなりましたよ。父上と母上に会いたかろう。されど、我慢しておくれ。おまえがまた去ってしまうと知ったら、きっと悲しまれる。だから、黙って来たのですよ」

　六年前と同じだ。あのときも、姉だけが見送りにきた。

「こちらの金四郎さんに、よくしていただきました」

　姉は金四郎の正体を知らぬらしい。

　丸顔の遊び人が横から口を挟んだ。

「江戸にゃお節介焼きが死ぬほどいる。町に尽くした元幕臣のご一家を貧乏長屋に住まわせておくわけにゃいかねえ。お天道さまに顔向けできねえからな、ちったあましなところへ移っていただいた。あとのことは心配すんな」

「かたじけのうござります」

　頭を垂れる八郎兵衛に、金四郎は優しいことばを掛ける。

「しゃっちょこばった物言いは抜きだ。姉さんの気持ちを汲んでな、どこへ行っても江戸の人々のことを忘れるんじゃねえぜ」

とろり乃介は離れて立ち、顔を涙で濡らしている。

茜は懐中に手を入れ、布でくるんだ包みを取りだした。

「路銀の足しにしなされ」

「姉上」

「お願いしても詮無いことかもしれないけど、年に一度は便りを送ってちょうだいね」

名残惜しげな三人に見送られ、八郎兵衛は如来寺をあとにした。

行き先は決めていない。

山門を背に抱え、左右どちらの道に進むか迷う。

「草履で決めるか」

勢いをつけて、右脚を大きく前へ蹴りだした。

「それっ」

草履は宙高く飛び、空に吸いこまれてしまう。

梅雨晴れの空は、どこまでも蒼《あお》い。

遥か頭上で、鳶が「ひょろろ」と鳴いた。

小学館文庫
好評既刊

死ぬがよく候〈一〉月

坂岡真

ISBN978-4-09-406644-9

さる由縁《ゆえん》で旅に出た伊坂八郎兵衛は、京の都で命尽きかけていた。「南町の虎」と恐れられた元隠密廻り同心も、さすがに空腹と風雪には耐え切れず、ついに破《や》れ寺《でら》を頼り、草鞋《わらじ》を脱いだ。冷えた粗菜にありついたまではよかったが、胡散臭《うさんくさ》い住職に恩を着せられ、盗まれた本尊を奪い返さねばならぬ羽目に。自棄《やけ》になって島原の廓《くるわ》に繰り出すと、なんと江戸で別れた許嫁《いいなずけ》と瓜二つの、葛葉《くずのは》なる端女郎《はしじょろう》が。一夜の情を交わした翌朝、盗人どもを両断すべく、一条戻橋《いちじょうもどりばし》へ向かった八郎兵衛を待ち受けていたのは……。立身《たつみ》流の秘剣・豪撃《こわうち》が悪党を乱れ斬る、剣豪放浪記第一弾！

小学館文庫
好評既刊

勘定侍 柳生真剣勝負〈一〉 召喚

上田秀人

ISBN978-4-09-406743-9

大坂一と言われる唐物問屋淡海《おうみ》屋の孫・一夜は、突然現れた柳生家の者に御家を救えと、無理やり召し出された。ことは、惣《そう》目《め》付《つけ》の柳生宗矩《むねのり》が老中・堀田加《か》賀守《がのかみ》より伝えられた、四千石の加増にはじまる。本禄と合わせて一万石、晴れて大名となった柳生家。が、大名を監察する惣目付が大名になっては都合が悪い。案の定、宗矩は即刻役目を解かれ、監察される側に立たされてしまう。惣目付時代に買った恨みから、難癖をつけられぬよう宗矩が考えた秘策が一夜だったのだ。しかしなぜ召し出すのが商人なのか？　廻国中の十兵衛も呼び戻されて。風雲急を告げる第一弾！

小学館文庫
好評既刊

浄瑠璃長屋春秋記 照り柿

藤原緋沙子

ISBN978-4-09-406744-6

三年前に失踪した妻・志野を探すため、弟の万之助に家督を譲り、陸奥国平山藩から江戸へ出てきた青柳新八郎。今では浪人となって、独りで住む裏店に『よろず相談承り』の看板をさげ、見過ぎ世過ぎをしている。今日も米櫃《こめびつ》の底に残るわずかな米を見て、溜め息を吐いていると、ガマの油売り・八雲多聞がやって来た。地回りに難癖をつけられていたところを救ってもらった縁で、評判の巫女占い師・おれんの用心棒仕事を紹介するという。なんでも、占いに欠かせぬ亀を盗まれたうえ、脅しの文まで投げ入れられたらしい。悲喜こもごもの人間模様が織りなす、珠玉の第一弾。

小学館文庫
好評既刊

付添い屋・六平太
龍の巻 留め女

金子成人

ISBN978-4-09-406057-7

時は江戸・文政年間。秋月六平太は、信州十河藩の供番（籠を守るボディガード）を勤めていたが、十年前、藩の権力抗争に巻き込まれ、お役御免となり浪人となった。いまは裕福な商家の子女の芝居見物や行楽の付添い屋をして糊口をしのぐ日々だ。血のつながらない妹・佐和は、六平太の再士官を夢見て、浅草元鳥越の自宅を守りながら、裁縫仕事で家計を支えている。相惚れで髪結いのおりきが住む音羽と元鳥越を行き来する六平太だが、付添い先で出会う武家の横暴や女を食い物にする悪党は許さない。立身流兵法が一閃、江戸の悪を斬る。時代劇の超大物脚本家、小説デビュー！

小学館文庫
好評既刊

提灯奉行

和久田正明

ISBN978-4-09-406462-9

十一代将軍家斉の正室寔子の行列が愛宕下に差しかかった時、異変は起きた。真夏の炎天下、白刃を振りかざして襲いかかる三人の刺客。狼狽する警護陣。その刹那、一人の武士が馳せ参じるや、抜く手も見せず、三人を斬り伏せた。

武士の名は白野弁蔵、表御殿の灯火全般を差配する提灯奉行にして、御目付神保中務から陰扶持を頂戴する直心影流の達人だった。この日から、徳川家八百万石の御台所と八十俵取り、御目見得以下の初老の武士の秘めたる恋が始まる。それはまた、織田信長を〝安土様〟と崇める闇の一族から想い人を守らんとする弁蔵の死闘の幕開けでもあった。

―――本書のプロフィール―――

本書は、二〇一三年九月に徳間文庫から刊行された同名作品を、加筆・改稿して文庫化したものです。

小学館文庫

死《し》ぬがよく候《そうろう》〈五〉
雲《くも》

著者　坂岡《さかおか》　真《しん》

二〇二〇年三月十一日　初版第一刷発行

発行人　飯田昌宏
発行所　株式会社　小学館
〒一〇一-八〇〇一
東京都千代田区一ツ橋二-三-一
電話　編集〇三-三二三〇-五九五九
　　　販売〇三-五二八一-三五五五
印刷所――中央精版印刷株式会社

ISBN978-4-09-406748-4